L'ENFANT QUI CARESSAIT LES CHEVEUX

DU MÊME AUTEUR

BRELIN DE LA LUNE, éd. Hurtubise, coll. Plus, 2000.

RENDEZ-VOUS DANS L'IMPASSE, Flammarion, Castor Poche, 2001.

L'ENFANT QUI CARESSAIT LES CHEVEUX, Grasset-Jeunesse, coll. Lampe de Poche, 2002.

AU CLAIR DE LA LOUNA, éd. Thierry Magnier, 2002.

UN CADEAU DU CIEL, éd. Hurtubise, coll. Plus, 2002.

LE LISERON DE JULES, Belin Jeunesse, 2002.

LA FILLE AUX CHEVEUX COURTS, éd. Thierry Magnier, 2003.

CITRON, FRAISE ET CHOCOLAT, éd. Thierry Magnier, coll. petite poche, 2003.

LOLA MOINEAU, Flammarion, coll. Castor Benjamin, 2003.

RÉMI DORÉMI ET MOI, Flammarion, coll. Castor Benjamin, 2003.

LE DOUDOU PERDU D'OCÉANE, Flammarion, coll. Histoires de Grandir, 2004.

OH LÀ LÀ ! LES FILLES..., Flammarion, coll. Castor Cadet, 2004.

LE SOURIRE DE CLARA, Belin Jeunesse, 2004.

MAIGRE MAYA, Grasset-Jeunesse, coll. Lampe de Poche, 2004.

LES ENFANTS DE NOËL, éd. Lito, décembre 2004.

KOCHKA

L'ENFANT QUI CARESSAIT LES CHEVEUX

Illustrations de Philippe Davaine

GRASSET-JEUNESSE
Lampe de poche

A Matthieu, mon ange.

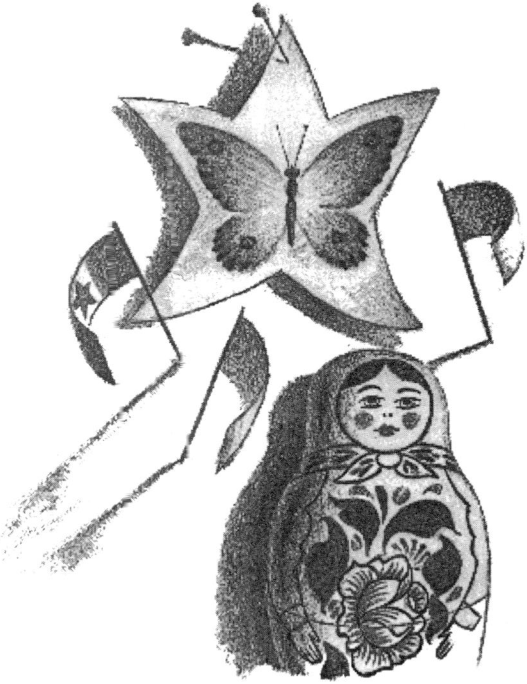

Je suis Lucie et je vis à Paris dans le XIe arrondissement. Plus tard je serai éducatrice pour enfants autistes. J'en connais un personnellement, c'est mon voisin Matthieu. Il avait quatre ans quand il est entré dans ma vie, et franchement, ça avait failli mal commencer. Depuis je lui rends souvent visite et à chaque fois, je me dis qu'il est vraiment quelqu'un, car il ne ressemble à personne.

CHAPITRE 1

L'histoire débute lors de notre emménagement au quatrième étage gauche du 11 de la rue Merlin. On est en septembre l'année de mes douze ans et je ne connais personne. J'ai toutefois pris une résolution secrète : celle d'entrer en contact avec tous mes voisins. J'ai même élaboré un plan d'action. Une fois la rentrée scolaire amorcée, j'irai de bas en haut conquérir les étages et j'épinglerai dans ma chambre les drapeaux des différentes nationalités côtoyées. Vu l'étrangeté des noms sur les boîtes aux lettres, mes espoirs sont sans bornes. Cette année sera sous le signe de la rencontre universelle, ou elle ne sera pas ! C'était toutefois compter sans Matthieu, qui survenant dans ma vie, en bouleversera tous les plans.

On est le premier samedi soir après ma rentrée en 5e A quand, à cause du boucan chez les voisins du dessus, papa enfile sa robe de chambre comme s'il chargeait son fusil, et monte pour voir. Par curiosité, je le suivrais volontiers, mais quand je le vois dans sa fougue ignorer l'ascenseur et s'engouffrer dans les escaliers, j'attends sur le paillasson.

Marie lui ouvre. Marie, c'est la maman de Matthieu que j'ai déjà aperçue dans le hall et dont j'ai retenu la voix douce. Je me mets à l'écoute dans l'espoir d'entendre un tapage nocturne à raconter au collège… mais rien ! Pas le moindre mot plus haut que l'autre ! D'ailleurs pas le moindre mot tout court. Quelques minutes plus tard papa redescend comme si tout allait bien, échange quelques messes basses avec maman, puis passe à autre chose. Pourtant ça continue à taper sourd là-haut et je me jure d'en avoir le cœur net. Donc le lendemain, en allant chercher la baguette du matin, je monte.

Sur la porte de l'appartement du cinquième s'affiche un drôle de dessin représentant un enfant avec de grandes mains comme des ailes, et puis de grandes oreilles. Je sonne sans trop savoir ce que je vais dire. La porte s'ouvre sur une dame que je n'ai jamais vue. En termes d'âge, elle pourrait être la maman de Marie, mais d'un autre côté, elle ne lui ressemble pas du tout. Je la salue, maman dit souvent que je n'ai pas froid aux yeux. La dame me sourit et s'écarte pour me laisser entrer. C'est un accueil agréable mais muet, et un peu surprenant pour moi qui ai la langue bien pendue. La porte d'entrée donne sur un corridor où se déroule un long tapis d'Orient. Je veux me présenter, mais à cet instant, Matthieu apparaît.

« Il était beau, il était blond, il sentait bon le sable chaud… » Ce sont tout de suite les mots qui me viennent quand il surgit au bout du couloir. En fait, il est brun, haut comme trois pommes, pâle et bouclé, rien à voir avec *Mon légionnaire* de Serge Gainsbourg que maman chante tout le temps, sauf qu'il est si beau qu'on pourrait le mettre en chanson.

Bref Matthieu déboule comme un chien fou, me saute dessus, manque de me faire tomber, et finit sur la pointe des pieds, les deux mains dans mes cheveux. En poussant des cris de sauvage, il promène ses doigts dans ma chevelure avec une grande dextérité, et de temps en temps, il crie *fchchchittt* et c'est l'extase : il envoie voler mes cheveux dans tous les sens et s'étrangle de rire. Puis s'excitant de plus belle, il entre dans une litanie : « Tu tripotes les cheveux. Tu tripotes les cheveux… » Là, la dame intervient.

Sans se départir de son sourire et toujours en silence, elle tire Matthieu à elle, en lui présentant sa tête, et Matthieu change de tête. Je veux dire que ses mains lâchent ma chevelure pour sauter dans celle de la dame. Là, il défait l'élastique qui les tient ramassés et les ébouriffe. Ce sont des cheveux blonds filasse, mais apparemment ce n'est pas un problème. Matthieu y enfouit ses doigts, les doigts refont surface. Matthieu rit et s'enfuit.

Le calme tombe après la tempête. La dame ramasse son élastique, lisse ses cheveux, les ordonne. Même le tapis d'Orient redevient royal. Il n'y a que moi qui reste perdue, et quand la dame me dévisage pour connaître l'objet de ma visite, je reste bouche bée ce qui ne m'arrive jamais. Finalement je bafouille trois mots pour dire que je reviendrai et pars à la sauvette. Dans mon dos, paisiblement, la dame referme la porte — à croire que rien ne s'est passé. Alors quand la glace de l'ascenseur me renvoie mon image hirsute, je suis presque rassurée.

*

Sur le trottoir mes pieds courent chez la boulangère — ma tête est restée au cinquième — et j'achète la baguette. A mon retour quelle aubaine, Marie rentre d'un bon pas. Elle me voit et me tient la porte. J'accours et dis « Bonjour ! » avec entrain puis j'ajoute « Madame… » avec des points de suspension pour que l'échange verbal continue.

Elle me tend la main : « Bonjour, je me présente : Marie ! Et toi, ajoute-t-elle, je parie que tu es ma nouvelle voisine du dessous. »

Je fais « Oui » de la tête avec un sourire béat. C'est qu'elle me traite d'égal à égal malgré notre différence d'âge, et en prime, elle paraît si gentille. Puis je finis par dire : « Je m'appelle Lucie. Vous savez, il ne faut pas vous faire de mauvais sang pour le chahut de la nuit dernière. A force, je me suis endormie. »

Quand je réalise la portée de mes mots, je voudrais les ravaler. J'ai encore parlé trop vite. Elle va croire à un reproche caché, alors que je voulais le contraire. Heureusement Marie est parfaite. L'ascenseur arrive à mon étage, elle dit : « Enchantée de te connaître, Lucie. C'est parfois difficile de contenir Matthieu. Matthieu, c'est mon fils. Il est autiste mais avec le temps, ça va déjà de mieux en mieux. »

En une réplique, je sens de la sociabilité, de l'amour et de l'espoir. Mais je ne comprends pas davantage, vu que j'ignore la signification du mot clé de la phrase.

Maman trouve que j'en ai mis du temps pour acheter une baguette.

CHAPITRE 2

On est dimanche, le seul jour de la semaine où le petit déjeuner est un repas de famille. Comme ça m'arrive souvent, je mets les pieds dans le plat. De but en blanc, je dis :

« Qu'est-ce que ça signifie autiste ? »

A douze ans, on commence à avoir son idée sur les choses. Alors à cause des otites, je m'attends à une signification en rapport avec les oreilles.

Passé le premier moment de surprise, papa se récrie : « Tu as encore écouté aux portes ! »

C'est fou comme les parents s'angoissent si on pose trop de questions. Ils ont peur qu'on grandisse trop vite. Bien évidemment, j'ai droit à la confrontation parentale.

Maman : « Il ne faut pas laisser de question sans réponse sinon le doute s'insinue. »

Papa : « Mais qu'est-ce qu'elle peut bien y comprendre ? »

Maman : « Qu'importe, simplifie ! Mais donne-lui une réponse ! »

Papa lance dans ma direction : « Un autiste, c'est une personne différente. » Et il plonge sa tête dans son bol de café.

« Ah bon ? » Là, je joue l'imbécile. « Différente ? Tu veux dire qu'elle a de grandes oreilles ? »

Réflexion faite, c'était peut-être un sujet trop sérieux pour un dimanche matin... Quoi qu'il en soit, papa s'énerve, s'arme du Petit Larousse, le feuillette d'un index agacé, et dit d'une voix neutre :

Autiste : Atteint d'autisme. A ce stade, il fait une pause et je crois que, comble de la mauvaise foi, il va s'arrêter là. Néanmoins il enchaîne. *Autisme (du grec, autos, soi-même) : Repli pathologique sur un monde intérieur avec perte du contact avec la réalité et impossibilité de communiquer avec les autres.*

Deux fois, il relit la définition pour me montrer sa grande patience, puis il précise avec bonté : « pathologique, ça veut dire anormal : repli anormal sur un monde intérieur avec perte de contact, et cetera ». Enfin, satisfait de sa démonstration, il me donne le dictionnaire et s'en retourne vers la cuisine d'un pas tranquille.

Je reste là à m'interroger sur cette définition obscure. Je songe au devoir d'éducation des parents et j'ai de la reconnaissance envers l'Education nationale. Puis je décide de m'adresser à Marie. Après tout, c'est elle qui a prononcé le mot problématique, elle voudra bien m'expliquer. Je décide donc de remonter chez mes voisins du dessus.

*

L'occasion se présente à l'heure du thé quand les De Marotte de Montigny arrivent avec François. Les De Marotte de Montigny que j'abrège en Demarotte parce qu'il ne faut pas exagérer, viennent prendre le thé chaque dimanche. Je n'ai jamais compris ce que mes parents leur trouvent. Madame, bête comme ses pieds, est bavarde comme une pie. Quant à Monsieur, il est muet comme une carpe ! Heureusement malgré son air de souris, François sauve la mise. François, c'est leur animal canin. Leur chien quoi ! Un vrai bibelot : tout petit, ratatiné sur lui-même, éduqué pour se faufiler et pour ne rien toucher !

Donc, première visite des Demarotte dans notre nouvel appartement. Madame commence à s'esclaffer. Monsieur ne dit rien, quant à François, il me fixe des yeux. Le pauvre ! Quand je l'ai vu pour la première fois se tenir droit et marcher sans renifler, j'ai eu pitié. Ce n'est pas une vie de chien ! J'ai en vain tenté d'ouvrir les yeux de ses maîtres, puis j'ai songé à déposer une plainte auprès de la SPA : traitement contre nature, ça va chercher loin ! C'est comme de l'esclavage ! Mais après réflexion, j'ai opté pour la résistance : j'allais secrètement recueillir l'animal sous mon aile pour qu'il prenne son envol.

Je n'avais pas trop d'une heure par semaine pour effacer les mauvais plis. Mon objectif ? Faire que pendant une heure au moins, il soit vraiment un chien. L'essentiel, c'était qu'il redevienne sauvage ! Je voulais qu'il se sente loup ! Bref il fallait qu'il fasse le plein pour pouvoir tenir la semaine.

Au début, j'y suis allée doucement pour ne pas l'effrayer. C'est dur de se rendre compte un jour que tout est à refaire. D'ailleurs dans les premiers temps, il était suspicieux. Je l'emmenais au square où les chiens se donnent des rendez-vous. Mais il restait dans son coin un peu gêné, à s'essuyer les pattes. Puis avec le temps, sa queue s'est mise à frétiller, et quand il arrivait chez nous, c'était avec une étincelle nouvelle dans le regard et j'en étais très fière.

Ce n'est pas facile de rallumer la flamme chez quelqu'un !

Donc disais-je, les Demarotte arrivent avec leur clébard et je propose de l'emmener se promener. Madame donne son accord pourvu qu'on ne soit pas longs, et ils nous regardent partir, moi calme et droite en fille responsable, et lui sur la pointe des pattes en chien d'appartement.

La porte refermée, François saute dans mes bras ! Le merveilleux cabot ! Même pas déboussolé par le changement d'endroit !

On prend par les escaliers. Au cinquième, le dessin sur la porte m'intrigue de plus belle. Je sonne.

*

Marie nous ouvre en personne.

« Excusez-moi, lui dis-je, je viens au sujet de ce que vous avez dit... Vous savez, sur votre fils autiste... J'ai consulté le Larousse, mais sa définition est un peu trop compliquée pour mon âge. Est-ce que vous pouvez m'expliquer ? »

Marie prend son temps pour répondre, le silence de la réflexion. Dans l'appartement règne un calme plat. Enfin elle prend la parole : « Matthieu va bientôt rentrer, dit-elle. Il est parti avec Maougo. Tu sais, l'autisme c'est un sujet compliqué. »

Tout de suite je pense qu'elle se défile mais elle poursuit : « J'aimerais beaucoup t'en parler mais pas sur le paillasson. Un soir prochain si tu veux, viens dîner. »

« C'est vrai ? » dis-je car je n'y crois pas du tout.

Elle me propose le vendredi suivant. Les promesses fixées ne restent pas en l'air, je crie : « Pas de problème ! » Je suis aux anges. Je vais connaître l'appartement au-delà du couloir, là où s'enfonce le tapis persan. C'est vrai, ce tapis on dirait une rivière et j'ai la folle envie de suivre son cours. Alors en prévision de cette soirée prochaine, je demande :

« Est-ce votre maman la dame aux cheveux blonds que j'ai vue ce matin ? »

« Non pas du tout, répond Marie, mais presque. » Et elle poursuit : « Maougo vient de Russie et elle ne parle pas français. Je la connais seulement depuis deux ans mais je peux dire qu'elle a changé ma vie. »

Alors qu'elle s'explique, j'apprends la fatigue de Marie à cette époque. Son congé parental touchait à sa fin et seule à élever son petit garçon, elle devait reprendre son travail de bibliothécaire. Or aucune crèche n'avait accepté l'enfant asocial, hyperactif et bruyant. Marie a donc dû passer une annonce, à laquelle justement Maougo a répondu.

« Au début, termine Marie, elle ne venait que le

matin, mais son arrivée m'a tellement soulagée, que je l'ai priée de s'installer chez nous. Depuis, c'est notre ange gardien et elle est comme de la famille. »

Sur ces entrefaites l'ascenseur s'arrête à l'étage et Matthieu en bondit. Maougo le suit tranquillement. Mais quand il nous voit François et moi devant sa porte ouverte, il pile, puis en hurlant, il entre dans une danse. Si je décompose ça donne grosso modo :

1 — Il prend sa tête dans ses mains
2 — Il lève les bras au ciel
3 — Il se jette par terre
4 — Il tourne sur lui-même.

On dirait une danse d'Indiens enveloppée dans un hurlement de loup. Je suis tétanisée. Je sens confusément que nous sommes la cause de tout. De quoi ? Je l'ignore. Mais c'est certainement terrible car il invoque et le ciel et la terre. En plus, par quelque phénomène que je ne m'explique pas, Matthieu, haut de 90 centimètres, remplit l'espace à lui tout seul.

Maougo qui ferme la marche parce qu'elle est rassurante comme une porte coupe-feu, fait un signe à Marie. Aussitôt Marie me dit : « Au revoir Lucie. A vendredi ! » et sans autre explication, elle referme sa porte. Je n'y comprends fichtre rien. Je regarde François que dans ce tourbillon j'avais complètement oublié, et je suis sidérée. Cette souris peureuse qui se fourre en général dans mes jambes à chaque bruit incongru, est là, bien campée sur ses pattes, dans une attitude de totale sympathie.

Sympathie (du grec sumpatheia. De sun, avec et pathein, ressentir) : Penchant instinctif qui porte deux personnes l'une vers l'autre. Participation à la joie ou à la douleur, sentiment de bienveillance.

En fait François semble de tout cœur avec Matthieu comme s'ils se comprenaient. Y aurait-il entre eux quelque code que j'ignore ? En réalité, je verrai au fil du temps que l'instinct est si fort chez ce petit garçon qu'il le rapproche des animaux.

J'ignore la fin de la scène, car nous partons avant. Maman dit que parfois les choses tournent mal. Papa parle de mauvaise spirale. C'est sans doute ce que nous venons de voir. Peut-être qu'après notre départ, ils ont rejoué la séquence : Matthieu et Maougo ressortent de l'ascenseur. Le paillasson est vide. Ils sonnent. La porte s'ouvre sur Marie. Ils entrent.

*

De retour à mon étage, la théière est vide et les Demarotte attendent le retour de François. En nous voyant arriver, Madame s'exclame ravie : « Mon

Dieu, on croirait presque que vous n'êtes pas sortis ! » Ce disant, elle sort quand même de son sac des lingettes parfumées et elle se met à nettoyer les extrémités du chien qui ont pu entrer en contact un tant soit peu avec le monde extérieur. En la voyant si ridicule, je rigole en moi-même et je pense au travail sur la pensée bien plus sournois que l'apprentissage de la saleté, car il ne laisse pas de trace. Mais un jour, il suffit d'attendre, François sera enfin lui-même !

La décontamination terminée, nos amis prennent congé. Je crie « A bientôt ! » François aboie ! Je suis contente, car il commence à s'exprimer.

Le soir je me couche en faisant le point sur les objectifs de ma semaine.

Un : Trouver un moyen d'annoncer à mes parents l'invitation du vendredi.

Deux : Me documenter sur l'autisme.

Sur quoi, je tombe dans le sommeil.

CHAPITRE 3

Les jours suivants, j'interroge mon professeur principal sur la question de l'autisme. Elle refuse de se prononcer, prétextant une mauvaise maîtrise du sujet. J'en fait part à Théodora, c'est ma première nouvelle amie. Dès le premier jour on s'est reconnues et on a su qu'on s'entendrait.

« Autisme ? dit Théodora, je ne vois pas. » Mais en écoutant la scène des cheveux en bataille, elle passe ses mains dans ses cheveux. Et au moment du tourbillon hurlant, elle se met à tourner.

« C'est doux, conclut-elle simplement, et ça fait tourner la tête. »

A mon tour, j'essaie. C'est vrai, c'est doux, et ça fait tourner la tête ! Pas la peine d'en faire un plat !

Du coup dans la cour, on fait les toupies, ça fait attraction, et on nous applaudit !

Le jeudi, je n'ai toujours rien dit aux parents concernant la soirée du lendemain. Aucun moment n'a été adéquat, or ça devient urgentissime. Heureusement le soir, alors que je suis avec maman, on rencontre Marie :

« Bonsoir madame, dit celle-ci, vous êtes sans doute la maman de Lucie… »

Elles s'enchantent mutuellement puis Marie m'apostrophe : « Toujours d'accord pour demain, Lucie ? »

Devant ma tête empotée et mes bafouillages, elle se tourne vers maman :

« Oui, j'ai demandé un service à Lucie. Je voulais savoir si elle accepterait, de façon régulière, par exemple le vendredi soir puisqu'elle n'a pas classe le samedi, de passer un moment avec nous. Mon fils Matthieu est autiste. Il a quatre ans. Mais contrairement à la majorité des autistes, il parle… »

Dès ses premiers mots, Marie essaie de rassurer maman. J'ignore ce qu'est l'autisme mais il ne faut surtout pas que ça paraisse trop anormal.

« … Il semble qu'il ait toute son intelligence, poursuit-elle. En plus, il ne s'automutile pas à la différence de nombreux autistes. Je crois même pouvoir dire qu'il est heureux. Le vrai problème, c'est qu'il a tendance à être heureux tout seul. Il faut le sociabiliser. Dans cette perspective, j'ai pensé que Lucie pourrait nous aider... Si bien sûr elle y consent, et si vous n'y voyez pas d'inconvénient. Parfois, les enfants se comprennent mieux entre eux, et Lucie est entre deux âges... »

Fortiche ! L'épine du pied qu'elle m'a sortie ! Et présenté sous l'angle du service, maman ne peut pas dire non.

A mon tour je prends le relais et dis d'un ton posé : « En tout cas moi je veux bien. J'y ai beaucoup réfléchi, et ce sera même avec plaisir. »

Ainsi je me mets à fréquenter régulièrement le cinquième étage du 11 de la rue Merlin, et chez les adultes, Marie devient incontestablement la meilleure de mes amies.

CHAPITRE 4

Le lendemain la journée se déroule lentement. Avec Théo, je ne parle que de la soirée à venir. Le temps s'étire à n'en plus finir et enfin l'heure arrive.

Je pense d'abord laisser mes cheveux détachés, mais au dernier moment, je change d'avis et les monte en chignon. Matthieu les mettra en pagaille et ce sera bien plus drôle. Maman est intriguée de me voir tant me préparer. A l'heure dite, j'attrape le paquet de personnages de Walt Disney que je lui destine et je monte.

Au cinquième, il flotte une odeur de cuisine de grand-mère où les casseroles ont la taille des bassines. Le cœur battant, je sonne. La porte s'ouvre sur Marie. La bonne odeur vient d'ici. Tout de suite j'ai très faim. Marie me précède pour m'ouvrir la

voie. J'ôte mes chaussures — c'est la règle de la maison — puis je m'engage sur le tapis.

Dans le salon, la table est dressée, je contemple le sol. Le tapis persan de l'entrée se déverse dans d'autres tapis persans sous lesquels la moquette disparaît. Des moyens, des grands, comme des jardins plantés.

Marie suit mon regard et commente : « Ces tapis, Lucie, ont été noués à la main. Tout ce qui sort des mains a passé par le cœur. Les femmes ou les hommes qui les ont fabriqués y ont glissé leur âme. »

A la façon dont elle en parle, je comprends pourquoi il faut se déchausser. C'est une question de respect.

« Saison après saison, ajoute Marie, d'autres traces s'y impriment. Celles de ceux qui vivent sur les tapis. Et les vies s'entremêlent… »

Alors mon regard est attiré par Matthieu. Attablé d'une façon stupéfiante, il a empilé deux coussins sur une chaise et s'est tant rapproché de la table qu'il est complètement comprimé. En plus il se tient littéralement cramponné à sa cuillère. Le bonsoir que je lui adresse va mourir dans un coin. Je regarde Marie.

« Pour Matthieu, me dit-elle, manger est une activité vitale. Il est 19 h 04 à l'horloge du magnétoscope. Matthieu reconnaît les chiffres. L'heure du dîner est dépassée… »

Ce disant elle se met à rire, mais Matthieu ne rit pas du tout !

« Il s'est toujours assis comme ça, poursuit Marie. Si tu le recules, c'est comme un mauvais pli, il revient de la même manière. Je pense que ça le rassure d'être pris en étau. »

Sur ces entrefaites, Maougo arrive avec une grosse soupière. On passe à table. Maougo et Marie encadrent Matthieu. Je lui fais face. Lui ne regarde que la soupière. Sans un mot Maougo se lève et prend nos bols.

« Pas de betterave pour Matthieu, précise Marie. Pas de bouillon non plus. »

Mais Maougo sait parfaitement ce qu'il faut faire ou ne pas faire, pour éviter les colères du petit homme. La soupe est merveilleuse. Personne ne parle. Au bout d'un long silence sauf le bruit des cuillères, je dis « C'est bon ! » et Maougo me sourit.

« C'est elle, la cuisinière, précise Marie en regardant amicalement Maougo. C'est une recette de son pays. »

Matthieu mange à toute vitesse en reniflant parfois. Quand il est plein, il saute par terre et s'installe sous la table. Aucune des deux femmes ne semble préoccupée par son comportement. A croire que c'est chose courante qu'il se tienne comme une bête. Je me prépare au pire. Peut-être va-t-il se mettre à nous lécher les pieds… A cet instant, une idée géniale jaillit dans ma tête par rapport à François : « Bon sang, pour faire ressurgir l'instinct de François, Matthieu ferait un maître idéal ! »

Pendant tout le reste du repas, Matthieu demeure tapi, au point que je l'oublie. Jusqu'au moment où il bondit vers la télévision en hurlant : « Tu l'allumes, tu l'allumes, c'est maintenant ! » Il l'allume. A quelques secondes près, c'est la météo.

*

Vraiment, tout est surprenant dans la façon de faire de ce garçon. La séquence commence, il se fige et reste en arrêt tous ses sens en éveil. Il semble capter de partout. Si un jour les Martiens envahissent la terre sous une forme humaine, avec la volonté d'avaler notre technologie, j'imagine qu'ils feront comme lui.

Il est entièrement tendu vers la télévision, branché à distance et ses oreilles sont orientées. Pas physiquement bien sûr — on n'est pas conçus pour — mais par le pouvoir de la concentration, Matthieu a annulé tout le reste du monde. Il y a aussi quelque chose d'étrange dans ses mains. Bizarrement posées devant lui sur une table invisible, leurs doigts sont

écartés, et leur bout vibre imperceptiblement. Pas de doute, un fluide transparent doit passer de l'écran jusqu'à lui.

Je regarde autour de moi pour voir la réaction des autres. Marie s'est mise au diapason de son fils et s'est arrêtée de manger. Je ne pense pas que la météo l'intéresse au point de la transformer en statue. Je crois que pour aider Matthieu dans sa concentration, elle s'est annulée elle-même.

Le comportement de Maougo diffère totalement. Avant la météo, nous en étions à déguster des galettes de sésame arrosées d'un coulis de miel et elle, elle mange sa galette sans se soucier du reste. En somme, le monde a deux dimensions — comme dans *La Belle au bois dormant*, quand le monde est figé dans un sommeil profond alors que les fées s'agitent pour que la fin de l'histoire soit belle. Matthieu et Marie sont sous l'emprise d'une puissance extérieure dont Maougo est préservée. Décidément, la dame russe ne cesse pas de m'intriguer.

A la fin de la météo, Matthieu bondit à nouveau et crie : « Tu l'éteins ! » et le fait. La séquence se termine aussi brusquement qu'elle a commencé. Matthieu et Marie ressuscitent !

*

La table débarrassée, Marie me fait signe de la suivre et on se pose à peine plus loin, dans un autre coin du salon, sur un tapis un peu différent des autres.

« C'est un tapis russe, précise Marie. Les autres sont persans. Le kilim là-bas est turc, c'est le seul qui soit tissé. »

Je regarde celui sur lequel nous nous trouvons, un tapis à dominante aubergine constitué au centre de trois losanges orangés et fuchsia. Plus on s'avance vers le milieu, plus les couleurs explosent. J'ai dans ma chambre une poupée russe en bois, une matriochka. La grande poupée cache une poupée moyenne, qui cache à son tour une poupée plus petite, et ainsi de suite jusqu'à une poupée si minuscule qu'elle ne s'ouvre plus. Je suis ainsi perdue dans mes pensées quand Marie ajoute :

« C'est le coin préféré de Maougo. Je sais peu de choses sur son passé, peut-être qu'il lui rappelle sa jeunesse. »

En petite araignée, je reprends le fil de mes pensées. Maougo est une matriochka. Au début, on voit seulement son extérieur parce qu'elle ne parle pas. Puis petit à petit, on passe les étapes jusqu'à se rapprocher du cœur. Avec le tapis, j'ai fait un pas en avant puisque j'ai un indice : les couleurs de ses souvenirs.

Jusqu'ici je n'ai pas réussi à définir ce qui rend cette maison particulière, mais à cet instant je sais. C'est une maison à la fois pleine d'espace et de coins. Des tapis la quadrillent comme à la marelle, et on tombe dans des coins du monde. C'est en somme, une maison à coins mais sans murs !

Un instant plus tard Maougo nous rejoint avec un plateau, des tasses et une théière. Derrière elle Matthieu clopine sur la pointe de ses pieds. La vaisselle est celle du dimanche, mais l'ambiance est toute simple. Les Demarotte avec leurs voix pointues sont à l'autre bout de la terre. Nous sommes en Russie et nous allons boire la tisane au fenouil. Matthieu me contourne à la façon des chauves-souris, sans me toucher mais sans me voir, avec une sorte de radar. Ensuite sans prévenir, il se vautre sur moi, le ventre contre mon dos et je n'ose plus bouger de peur qu'il ne s'en aille. C'est l'heure du soir où les enfants viennent chercher leurs câlins. Mais Matthieu vient chercher le sien si fort qu'on dirait un chat.

La tisane a un goût curieux. Marie en boit deux-trois gorgées. Le moment attendu approche. Elle commence :

« Tu veux savoir ce qu'est l'autisme. »

Ce n'est pas une question. Ça ressemble plutôt à « Il était une fois »… et on part dans un autre monde.

En bougeant le moins possible, je cherche dans ma poche le papier avec la définition :

Autisme (du grec, autos, soi-même). Repli pathologique sur un monde intérieur avec perte du contact avec la réalité et impossibilité de communiquer avec les autres.

De fait, indifférent à ce qui se passe, Matthieu continue sa vie. Il déploie ses mains dans mes cheveux en une armée de doigts, et alors que Marie amorce le voyage, je sens mon chignon s'effondrer.

*

Marie : « C'est un M. Bettelheim, un psychanalyste, qui s'est penché le premier sur les autistes. Il les appelait les forteresses, parce qu'ils sont emmurés en eux-mêmes. Les autistes ne pensent pas comme nous et le plus souvent ne parlent pas, ils n'émettent que des sons. C'est donc très difficile de communiquer avec eux. C'est difficile de les comprendre. »

Moi : « C'est comme avec Maougo puisqu'elle ne parle pas. »

« Non, répond Marie, Maougo ne parle pas français, mais elle discute en russe. De plus, ajoute-t-elle, avec nous, elle use d'autres outils. Elle parle avec ses gestes et aussi du regard. Les autistes sont différents. Ils ne sont pas tournés vers les autres, ils sont repliés sur eux-mêmes. Le monde n'est pas dehors, il est en eux. En fait, ils vivent seuls au-dedans d'eux dans une autre dimension qui nous est inconnue. »

J'ai du mal à comprendre. Marie me montre le mobile de tortues incrustées de miroirs. « Matthieu, m'explique-t-elle, peut rester pendant des heures à naviguer dans les reflets. »

Marie parle. Matthieu boucle dans mes cheveux. Mèche après mèche, je lui abandonne ma tête. Surtout je ne veux pas qu'il s'arrête. En fait, il ne prend pas ma tendresse, il me donne la sienne et je deviens le chat…

« Tu vois, poursuit Marie, nous vivons sur la terre en nous regardant les uns les autres, et la terre tourne autour du soleil. C'est le système solaire. Les autistes eux, sont comme des petites planètes indépendantes qui auraient par hasard atterri chez nous, et au lieu de regarder les autres Terriens en tournant autour d'eux, ils tournent sur eux-mêmes. En somme ils sont des petits systèmes à eux tout seuls et, de la même façon qu'on ne peut pas monter dans un manège en mouvement, c'est très difficile d'accéder jusqu'à eux. »

« Mais Matthieu parle ! » dis-je alors car il faut que je le sauve.

« C'est vrai, acquiesce Marie, mais écoute-le et tu verras qu'il se parle à lui-même. Il se berce de ses mots qu'il perd dans le vent. »

Je bondis : « Mais non ! » et je lui rappelle les mots de Matthieu avant la météo. « Il a dit : C'est maintenant, tu l'allumes ! Il vous appelait ! »

« Je ne crois pas, Lucie, rétorque Marie sans hésiter. Quand je m'adresse à lui, je lui dis "Matthieu, tu viens." Donc dans sa logique à lui, il s'appelle "tu". "Tu l'allume" signifie : Matthieu l'allume. Quelques rares fois, je l'ai vu parler à son ourson. C'est le seul vers qui il envoie des mots. Il lui disait : "Je viens, doudou !" Et il faisait venir l'animal jusqu'à lui. "Je", c'est l'autre et "tu", c'est Matthieu… Dans une certaine optique c'est logique : quand je lui parle de moi, je lui dis "je", donc "je", ce sont les autres. Et quand les autres s'adressent à lui, ils lui disent "tu". Donc "tu", c'est lui. C'est une codification avec une logique différente. »

Bon d'accord, conviens-je en moi-même, il se parle à lui. « Mais, dis-je, parfois il nous regarde ! » Et j'ajoute pour me convaincre davantage : « Oui c'est ça, c'est comme Maougo : il parle avec ses yeux ! »

Marie acquiesce, mais précise : « Autrefois, son regard était toujours vide, ou plein de choses invisibles pour nous. Aujourd'hui il parvient à l'accrocher à des objets et à ne plus s'enfuir sans cesse dans ses rêves imaginaires. Il s'accroche à la télévision ou aux ordinateurs, mais ce ne sont pas des choses vivantes. Ce n'est pas de la communication. Plus tard… Plus tard peut-être… Peut-être avec beaucoup d'amour…

Sur ces mots, le regard de Marie s'en va et j'entre en réflexion :

« Mais Marie… s'il nomme les choses, même s'il se parle à lui, c'est qu'il a écouté… »

« Oui, Lucie ! C'est pourquoi les espoirs sont permis ! »

Je crie « Oui ! » avec enthousiasme. « En plus regardez, il communique avec ses mains. Il me caresse ! »

« Il te caresse depuis longtemps, rétorque Marie, toujours avec les mêmes gestes comme si le disque était rayé. Comme s'il était tombé dedans. »

Je me récrie : « Mais moi j'aime ça ! »

« Moi aussi, répond Marie, mais tu vois, il s'accroche à tes cheveux. Il se tient. En te caressant, il se caresse lui-même. C'est pour avoir moins peur. Mais il faut qu'il grandisse. Il faut qu'un jour il soit un homme. En reproduisant les mêmes gestes à l'infini, il tourne en rond. C'est pour ne pas voir. C'est le contraire d'avancer ! »

Quand finalement Marie se tait, j'ai une grande envie de pleurer.

22 heures passées, je redescends chez moi. Avec les tapis des quatre coins du monde et les mondes intérieurs, je suis pleine d'atmosphères. Maman veut savoir ce qui s'est passé, je ne dis presque rien. Je suis dans MON monde intérieur et je ne veux plus communiquer. Dans ma chambre sous mon lit je dessine deux drapeaux. Le russe représente le pays de Maougo et dans le coin gauche du français, j'écris le *M* du nom Marie.

CHAPITRE 5

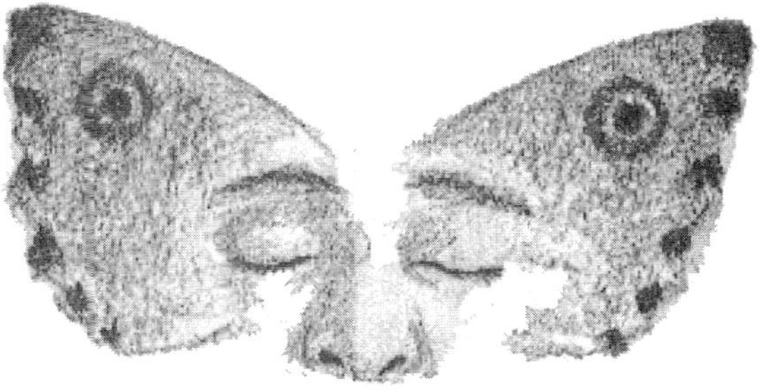

Mon mutisme dure toute la nuit — je ne sais me taire que quand je dors. Mais dès mon réveil, je déballe d'un seul trait la météo, Maougo qui parle avec les yeux, la forteresse, les yeux vides, la musique des mots, le mobile de tortues, le système solaire, les yeux qui voient dans les miroirs…

Les parents sont abasourdis, je pense qu'ils ont compris l'enjeu. Quand je termine, je dis « voilà » pour leur passer la parole. Mais au lieu de me suivre, ils me déçoivent dans toute leur splendeur.

Papa sur un ton énervé : « Regarde un peu ce qu'on lui a mis dans la tête : des yeux vides qui voient dans des miroirs ! »

Et maman qui n'a pas écouté papa : « Mais dis-moi… (là j'ai un espoir car poser une question est une marque d'intérêt), mais dis-moi, me demande-t-elle, tu ne m'as pas dit ce que tu as mangé... »

Mince alors ! Je leur parle d'un petit garçon qu'on ne comprend pas tellement ses yeux voient d'autres choses, et des choses si différentes qu'il n'y a pas de mots pour les dire. Je leur raconte qu'il a tellement peur du vide qu'il se comprime entre la table et sa chaise pour se sentir tenu. Je leur explique encore comment pour se rassurer, il se raccroche à des cheveux. Et eux, la seule chose qu'ils trouvent à dire c'est « qu'est-ce qu'on lui a mis dans la tête » ! Et maman qui juge les gens sur leur régime alimentaire !

Je me lève dégoûtée et amorce une sortie théâtrale parce que parfois, vraiment, c'est la seule chose à faire. Mais je reviens sur mes pas à cause de ma langue bien pendue.

« Du bortsch, maman. C'est russe et vraiment délicieux. En plus, c'est un mariage parfait de protéines, de vitamines et de fibres, avec une cuillère de yaourt pour la touche de calcium. Je t'assure, un vrai repas complet ! »

Ça lui coupe le sifflet.

*

Plus tard dans ma chambre, je prends le dictionnaire.

Communiquer : Transmettre ; révéler ; faire partager. Etre relié par un passage.

Les paroles de Marie repassent dans ma mémoire : Matthieu se met en contact avec les choses, mais pas avec les gens… Peut-être un jour… peut-être avec beaucoup d'amour… Et d'un seul coup, je jure d'y parvenir. Peu m'importe désormais la conquête de l'immeuble. Je veux conquérir Matthieu !

*

Le lendemain dimanche, c'est le jour de François. Avec Théo, on a prévu de joindre Matthieu à notre promenade. Marie lui en a parlé car il déteste les imprévus. En outre, elle a émis une condition : qu'on ne lui lâche jamais la main, sauf dans les endroits fermés.

François arrive. On grimpe au cinquième et on sonne à l'heure dite. Matthieu, qui est prêt, se tient derrière la porte. On part. Théo nous attend devant le Père-Lachaise. L'entrée du cimetière est interdite aux chiens, alors quelques mètres avant, sans lâcher Matthieu, je fais un signe à François qui saute dans mon sac. Dans le XVIe où il habite, il pratique régulièrement ce moyen de transport, sauf que son sac de voyage à lui est infiniment plus chic. La suite se passe à merveille. On franchit la barrière au nez et à la barbe des gardiens, moi montrant patte blanche, Théo avec son sourire charmant, François tapi dans son sac, et Matthieu clopin-clopant. Ce que nous ignorons, c'est que Maougo nous suit derrière en cas de débordement.

*

C'est l'automne et ça sent la terre mouillée. Sur quelques mètres, on longe l'allée centrale, puis on s'enfonce dans les vieux coins, là où les tombes sont très anciennes. Nous aurons moins de risques d'être surpris — les vieux morts sont moins visités que les jeunes. Le tapis de feuilles craque sous nos pieds et Matthieu saute de tombe en tombe. Quand on juge le danger passé, j'entrouvre le sac de François, qui passe une tête effarouchée. Décidément ce chien a plus la notion des interdits que Matthieu qui nous accompagne. Pour le secouer, Théo lance un bout de bois — aucun chien n'y résiste. L'animal surgit hors du sac. Matthieu bondit à son tour. La course-poursuite est effrénée. Matthieu et François s'arrachent le bout de bois, se roulent par terre et font voler les feuilles. Lequel entraîne l'autre ? Je ne sais pas mais un mini-cyclone s'abat sur ce coin du jardin. Une folie douce. Ils se ressemblent.

Plus haut, silencieusement comme l'Indien sur la piste, Maougo nous observe.

Je me demande quelle tête elle fait quand, l'instant d'après, Théo et moi on entre dans la danse ! Peut-être qu'elle se met à tourner aussi ! La folie c'est contagieux ! A moins que ce ne soit la joie !

Nous nous mélangeons. Théo rit comme un ruisseau. Je me sens arbre, les bras en branches, les mains en feuilles. Plus je tourne et plus je touche le ciel. Nous sommes des petits systèmes indomptables, des rois du monde ! Nous sommes autistes !

Tout à coup Matthieu se met à crier : « Tu pleus ! Tu pleus ! » Je traduis dans ma tête conformément aux explications de Marie par « Je pleus ! Je pleus ! » et je comprends qu'il est l'automne. Il est les feuilles qui tombent. De l'automne à la météo, il n'y a qu'un pas et Matthieu grimpe sur une croix :

« Ami du jour, bonjour ! »

Je m'arrête. A s'y tromper, on croirait la voix du présentateur télé. Il se tient bien droit, bien sérieux, bien adulte. Le présentateur debout sur une croix en pierre qui fait la météo. Entièrement. Parfaitement. La France séparée en deux, le nord et le sud de la Loire. Je ne sais comment, en décrivant il semble se métamorphoser en carte géographique, et il pointe sur lui. C'est incroyable ! Puis à la fin, il chante le générique. On y est ma parole, avec le son et l'image. Hélas tout est là tellement profondément que sans prévenir, Matthieu tombe dedans…

*

C'est l'heure de rentrer à cause de François. On a la permission de 17 heures, et je veux être ponctuelle. Il faut éviter que les parents se méfient. Mais au moment de partir, impossible de rejoindre Matthieu. Il s'est enfermé à double tour dans son téléviseur. Avec Théo, on le prend par la main. On s'y met, on s'arc-boute, on le tire comme des folles. Mais Matthieu lève les bras au ciel, hurle des musiques de messages publicitaires, se jette par terre et tourne sur lui-même. Il est à toute force poste de télévision et ne veut à aucun prix redevenir lui-même.

D'angoisse je commence à m'énerver. Même Théo est dépassée. Seul François garde son calme.

Matthieu tourne de plus belle. Panique ! Le Père-Lachaise si paisible d'ordinaire bascule en cimetière, avec ses âmes hurlantes, ses fantômes et toutes ces choses épouvantables qui donnent envie de courir. On supplie, on marchande, on promet… On ne sait plus à quel saint se vouer… Quand Maougo apparaît !

D'où vient-elle ? Comment savait-elle pour la mauvaise spirale ? Qu'importe… on est tellement contentes de la voir qu'on ne se pose pas de questions. Elle est là, massive, avec son auréole de calme et je suis rassurée. Je sais que d'un geste comme devant l'ascenseur l'autre jour, elle va changer le cours des choses.

On se recule avec Théo pour lui laisser la place. Matthieu tourne toujours. Maougo s'avance la tête penchée, et en se balançant doucement elle se met à chanter le même air que Matthieu, à l'unisson avec lui. C'est merveilleux une voix qui ne parle pas quand elle se met à fredonner. Elle a compris son manège, alors Matthieu ralentit pour qu'elle puisse y monter. Mais au lieu de ça, en douceur, son corps fixe comme un poteau, elle attrape la main de l'enfant et l'accroche dans ses cheveux. Ensuite comme avec une corde, elle l'extrait du tourbillon. C'est un miracle ! Je regarde Théo. Elle aussi est sciée, et je comprends d'un coup comme une révélation pourquoi les femmes portent les cheveux longs.

*

Le soir, on fait le point avec Théo. C'est l'heure de l'évaluation.

François a affronté le passage en fraude avec bravoure. Il s'est enivré du vent, des odeurs de l'automne, et des glissades dans les feuilles. Enfin, il n'a pas cédé à la panique devant le tourbillon hurlant. Indéniablement, il est mieux dans sa peau de chien.

Quant à Matthieu, il nous a suivies sans encombre, ce qui est un bon point. En revanche, on a manqué de l'égarer dans son monde intérieur. Nous devons donc travailler le sauvetage.

Je demande aux parents un cahier neuf dans le but d'y consigner nos réflexions. Papa fronce les sourcils, à croire qu'il préfère — subjonctif présent — que je ne réfléchisse pas ! A défaut d'argument avouable, finalement il s'exécute.

Donner un sens à la vie de François et sauver Matthieu de la noyade, voilà nos deux missions. Dès lors, les vendredis soir et les dimanches deviennent jours d'expériences. Justement le vendredi soir suivant mes parents sont de sortie, on décide que je passe la nuit chez Marie.

J'ai déjà dormi à la belle étoile, mais même le spectacle inouï de la voûte étoilée sur les plus hautes montagnes, n'est rien comparé à celui qui s'annonce.

Il est 23 heures, la nuit est avancée, Marie éteint la grande boule japonaise qui ressemble au soleil, et allume une petite lampe dont la lumière plus douce fait penser à la lune. Sous cet éclairage diffus, elle s'installe à la table et rédige son journal.

Simultanément Maougo se lève, et en géante immobile, se poste à la fenêtre où elle suspend le temps. En fait avec sa silhouette trapue, elle prépare la nuit paisible.

Quant à Matthieu, il s'installe sur le tapis de l'ange, qui porte ce nom-là parce qu'il est surplombé par un petit ange en terre cuite cloué au flanc d'une bibliothèque. Sur une étagère de ce meuble, trônent deux bocaux en verre de couleur. Le bleu est pour le soir, le jaune pour le matin. Matthieu saisit le bocal bleu et s'assoit face à l'ange. La tête penchée il lui ressemble, sauf qu'il a plié ses ailes. Sa main plonge dans le récipient et ressort pleine de billes qu'il lâche comme des bombes, ce qui fait une chanson. Car si les billes du jour sont en verre, celle de la nuit sont de coton recouvertes de papier d'argent. Dans la pénombre tapie, les billes captent la lumière et l'éclatent. Et Matthieu se concentre tellement que ses yeux deviennent aussi d'argent. Puis le goutte-à-goutte s'emballe et devient la pluie. Une pluie d'étoiles qui s'allument dans ses yeux.

Marie a terminé, elle ferme son journal, se lève et éteint la lampe de bureau, qui éteint les petites billes d'argent, qui font place au silence comme une grande couverture. Maougo quitte la porte-fenêtre. Matthieu remet le bocal bleu à côté du jaune et clopin-clopant, rejoint son lit où il se cache jusque sous son menton. Marie enclenche la cassette des chansons pour dormir. C'est la cassette qui déroule le sommeil. Sans elle, Matthieu ne dormirait jamais. Enfin Marie regagne sa chambre et Maougo s'installe par terre, dans le couloir, derrière la porte de Matthieu, et avec une patience d'ange, jusqu'à ce que le petit homme s'endorme, elle tourne et retourne la cassette. Car Matthieu ne s'abandonne jamais que dans les nuits chantantes.

Je me retrouve donc seule installée au salon et,

« lutine » au cœur de la nuit endormie, j'ouvre le cahier :

Vendredi soir, le 10 octobre,
C'est difficile de rendre en mots la magie d'une scène muette. Elle était comme une poésie silencieuse. J'écris :

« Au cinquième sous les toits, au moment de dormir, Matthieu mange les étoiles... »
Suit une longue description fidèle et la fin :

« Les billes tombent dans la nuit, comme des étoiles de sommeil dans ses yeux. »

Ce n'est pas le tout d'écrire les choses pour pouvoir les comprendre, une chose me tarabuste : qui est vraiment Maougo ? Le lendemain, on en débat avec Théo.

Elle : « Mais qu'est-ce qu'elle a de plus que nous pour comprendre Matthieu ? »

A force de chercher, une seule réponse nous vient : c'est qu'elle ne parle pas !... Peut-être qu'il faut être privé des mots pour comprendre les silences, comme les aveugles qui voient avec leurs mains. Nous on pense qu'elle est branchée à Matthieu cœur à cœur. Le cœur a sa fréquence. Et quand elle donne à Matthieu ses cheveux blonds filasse, ils deviennent les racines qui dépassent d'un ravin, et Matthieu s'y accroche comme à ceux des princesses lorsqu'il faut sortir des labyrinthes pour échapper aux monstres.

Alors de deux choses l'une, et c'est notre conclusion : Soit Maougo est une fée qui se cache, une qui se serait déguisée sous des cheveux filasse pour noyer le poisson. Soit elle a vécu dans sa vie antérieure tellement d'expériences riches d'enseignements qu'elle est capable de tout comprendre.

CHAPITRE 6

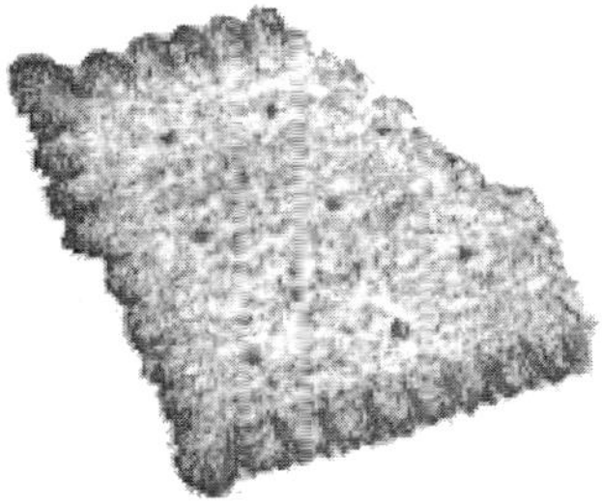

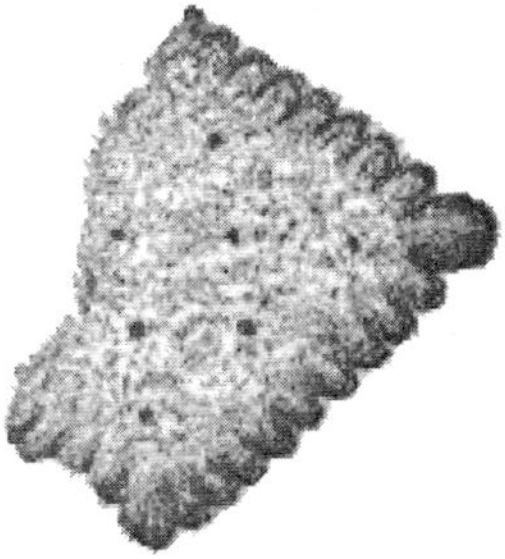

Quelques jours plus tard un vendredi, en traversant le square avec Théo, on rencontre Matthieu qui promène un gâteau. Il pleut. On s'étonne à cause du temps à vraiment rester chez soi, ensuite à cause du gâteau que Matthieu traite comme un grand roi. Sous le chant mouillé du ciel, à l'abri d'une tonnelle, Marie nous raconte une histoire.

La nuit suivante, Théo ne dort pas. Trop de pensées se bousculent dans sa tête. Allongées sur une couette à côté d'elle, ses deux petites sœurs sont endormies. Et sur un matelas dans le prolongement du sien, Soulimane, huit ans, martyrise un élastique. Théo finit par s'asseoir. Elle m'a emprunté le cahier des compétences, et à la lumière du réverbère que filtre la fenêtre, elle l'ouvre et commence à écrire.

Vendredi soir le 15 octobre.

Matthieu aime tellement les petits-beurre qu'il ne les mange pas. Quand on lui en donne un, il le promène, le respire, en fait le tour avec le doigt. Il s'en caresse la joue aussi et ne s'en sépare plus. Du coup il devient manchot car il n'a plus qu'une main — l'autre tient le gâteau — et tout est compliqué. S'il pleut, il protège le biscuit. S'il marche dans une flaque, il le tient à bout de bras. Ça peut durer la matinée, jusqu'au moment où quelque chose se passe et le gâteau se casse. Alors Matthieu tente de recoller les morceaux mais il n'y a rien à faire. Il pleure de désespoir et rien ne le console, même pas un gâteau neuf. Enfin il finit par manger les morceaux, au moins pour les faire disparaître. Puis ça va mieux parce que c'est bon quand même.

Quand Théo redresse la tête, elle s'aperçoit que Mamassa s'est découverte. Elle se lève silencieusement, recouvre le petit corps potelé puis elle reprend son fil.

En fait, bébé, Matthieu criait, tourbillonnait, hurlait, mais ne pleurait jamais sauf deux fois qui sont restées gravées dans la mémoire de Marie.

La première fois Matthieu avait six mois. C'était le temps d'avant Maougo. Matthieu était couché sous le mobile de tortues, les yeux perdus dans les miroirs. La radio passait des chansons. Tout à coup, quelque chose a porté Marie à regarder son fils. Il était plein de larmes.

— Je l'ai pris contre moi, a raconté Marie, tout pleurant, tout mouillé, tout silencieux. Il ne semblait ni avoir faim, ni avoir mal. D'ailleurs, il n'avait jamais pleuré ni de faim, ni de mal...

C'est là qu'une amie de Marie a dit : « C'est la chanson, regarde comme il l'écoute... » Effectivement, quand la chanson s'est tue, Matthieu s'est calmé et est retourné à ses tortues.

— Je pensais, a ajouté Marie, qu'un bébé ne pleurait que pour manger ou pour être porté. Matthieu pleurait d'émotion pure.

Ce soir-là pour la première fois Marie a senti que son fils était spécial. Dans sa famille, elle avait fait le Roi de Cœur !

Maintenant Soulimane dort aussi et la chambre ronronne, mais Théo continue :

La deuxième fois qu'il a pleuré c'était à cause de son biberon en verre qu'il venait de casser. Marie a aligné tous les autres biberons pour lui montrer que ce n'était pas grave. Elle est même descendue à la pharmacie racheter un biberon neuf — le même que le biberon cassé. Mais rien à faire. Ses yeux coulaient toujours. A croire que les choses nouvelles ne remplacent pas les choses anciennes. C'est ça le vrai amour. Et sa tristesse était si grande qu'après les larmes, il a fait la grève de la faim. Plus de son et plus de nourriture. Il voulait mourir par solidarité avec le biberon cassé. Deux jours plus tard, il est tombé d'inanition. Il a fini à l'hôpital.

« Tu te rends compte, me dit Théo le lendemain en me rendant le journal, tu te rends compte comme il ressent les choses ! Il ne participe pas seulement comme dans la sympathie, il prend carrément la douleur de l'autre. »

« Tu l'as dit, lui dis-je, il ressent les choses, pas les gens. Ce n'est pas de la sympathie et encore moins de la communication. »

Théo si calme d'ordinaire, s'énerve : « OK il ne communique pas ! Mais regarde, il devient gâteau, biberon, il entre dans les choses. Souviens-toi au Père-Lachaise, il criait "tu pleus, tu pleus" parce qu'il pleuvait lui-même. C'est dingue non ! »

Elle manque de me laisser sur place avec mes incroyances mais finalement au fil de la journée, sa foi me gagne comme un virus. J'incube. Il faut suivre son intuition ! La réalité dépasse parfois la fiction ! La nuit, ma fièvre est à son comble. Je me lève, il faut que je raconte. Ainsi je me trouve à nouveau au cœur de la nuit, plongée dans le cahier des compétences.

*

Il y a, au 11 de la rue Merlin, une fée qu'on ne peut voir qu'avec le cœur car elle n'est pas très jolie. Il y a aussi un petit homme qui ne ressemble à personne vu qu'il est un système à lui tout seul.

Plus j'écris, plus la lumière se fait en moi. Ça crève les yeux tellement c'est évident ! Matthieu est différent de nous. C'est un être cosmique ! Un extraterrestre avec des pouvoirs si grands qu'il peut devenir ce qu'il regarde, ce qu'il touche, ce qu'il sent et ce qu'il écoute.

Mon stylo m'emporte :

Matthieu : un caméléon dans son cœur, un cœur pâte à modeler ou bien barbapapa.

C'est vrai ! C'est la conclusion logique de toutes nos observations. Je repasse dans ma tête la scène de mon premier dîner, lorsqu'il a allumé la télévision et qu'il a pompé la météo. Je repense aux petits-beurre et à la chanson à la radio quand il a capté l'émotion du chanteur. Je revois la pluie de feuilles et celle des billes d'argent qui sont rentrées dans ses yeux. Je comprends aussi le dessin sur la porte de son appartement : un bonhomme avec des oreilles d'éléphant et des mains comme des ailes. En fait Matthieu s'est dessiné, c'est son autoportrait : un petit homme qui entend tout, et qui peut s'envoler !

Enfin j'ai une intuition : Matthieu est encore un enfant, un extraterrestre junior en phase d'apprentissage et il n'en est qu'à ses débuts. Actuellement, il s'entraîne à devenir les choses parce que ça ne pense pas et que c'est peu complexe. Mais, et je l'écris :

Un jour il deviendra les gens ! Et ce sera bien au-delà de la communication, ce sera de la fusion. Il sera bien plus fort que nous !

Quelle apothéose ! Je manque de courir au cinquième. Tu parles d'une révélation : la vraie rencontre du troisième type ! Mais la voix de la raison me retient. L'événement est trop grave pour être annoncé dans la précipitation. Le monde est plein de gens sceptiques, et sous peine de passer pour une folle, je ne dois pas crier la nouvelle, je dois l'exposer avec méthode.

CHAPITRE 7

Le lendemain par la fenêtre, je vois Théo sur le trottoir. On est dimanche et j'ai mon prétexte pour sortir : la baguette du petit déjeuner. Car chez moi, pas question de traîner dans la rue sans un but suffisant sous peine d'un coup de grande phrase selon laquelle « le trottoir est l'antichambre de la prison ». Je crie à Théo de m'attendre et descends en courant. Je la prends par l'épaule et confidentiellement, je teste sur elle ma théorie de la rencontre du troisième type.

Avant la fin, elle abrège :« Ben oui, Matthieu est un sorcier. »

Extraterrestre ou sorcier, c'est du pareil au même. D'abord je reste dépitée, elle m'a coupé tous mes effets. Puis je me ravise : on ne sera pas trop de deux pour faire accepter la nouvelle.

Elle me dit : « Vas-y, donne ta définition. »

Je fouille dans ma poche à la recherche du papier et lui en rappelle les termes : *« Autisme : Repli pathologique sur un monde intérieur avec perte du contact avec la réalité et impossibilité de communiquer avec les autres. »*

Discussion acharnée et sauvage. Finalement on convient qu'il faut dire :

« Autisme : Repli paranormal sur un monde intérieur avec prise de contact tellement forte avec la réalité qu'il permet de devenir des choses. »

Tope là ! Consensus général ! Mais s'attaquer à une définition du dictionnaire, bonjour la bataille… J'ignore si nous allons y arriver.

Maman constate une nouvelle fois qu'il faut du temps pour acheter une baguette.

*

L'après-midi avec Théo, on se pointe au cinquième. C'est l'anniversaire de Matthieu et Marie nous emmène voir un spectacle de danse africaine.

Matthieu n'aime pas l'inconnu et il est très agité. Les trois coups sont frappés et le rideau se lève sur un enfant avec un bâton, qui se met à frapper sur un tronc. Aussitôt comme s'il était appelé, Matthieu se dégage en douceur de Maougo et descend vers la scène. A notre stupéfaction, il s'installe sous l'estrade et son corps se met en mouvement. Frappant dans le vide, il calque ses gestes sur ceux de l'enfant et la musique le remplit. On dirait qu'elle le déchaîne. Alors le spectacle se dédouble : sur la scène avec un enfant noir vêtu de blanc, dans la salle avec un enfant blanc vêtu de vert. La musique enfle. La scène se remplit de tam-tams. Matthieu est magnifique ! C'est la communication par le langage universel de la musique. Ovations, hourras, c'est un triomphe ! Les acteurs désignent Matthieu. Marie pleure, Maougo sourit, Matthieu rigole ! Théo et moi on se regarde : Cet enfant est géant ! C'est un enfant magique !

Le lendemain avec Théo, on se raconte la scène mille fois : « Matthieu a un langage. C'est la musique des mains. C'est ainsi qu'il faut lui parler ! » Ça paraît court comme ça, pourtant cette phrase nous a fait parcourir des kilomètres tellement on a avancé !

Théo : « Ce n'est pas une vraie forteresse, Matthieu ! La communication envers et contre tout ! » Elle clame : « Après l'école on va l'emmener chez moi. Grand-père joue du tama ! » Et elle précise : « Le tama est une sorte de tam-tam que l'on tient coincé sous son bras. Dans la brousse il sert de téléphone. »

A la sortie on fonce donc chez Matthieu, qui consent à nous suivre. Chez Théo le grand-père Balthazar est toujours prêt à discuter.

« Bonjour petit frère », dit-il à Matthieu quand il l'aperçoit.

Matthieu reste indifférent jusqu'au moment où il avise le tama et il avance le bras. Le grand-père le devance et frappe :

« Là je te dis bonjour ! Bonjour ! Bonjour ! »

Attirées par le bruit, Fatoumata et Mamassa arrivent en rampant.

Balthazar se met à taper des sons, une fois, deux fois, Matthieu tend les bras, Balthazar lui passe le tama, Matthieu reproduit les sons. De plus en plus complexes les sons, de plus en plus longs, de plus en plus élaborés, Matthieu reproduit toujours. Pas forcément du premier coup. Mais alors il recommence et recommence encore jusqu'à la perfection.

D'abord c'est un jeu. Les yeux du grand-père rient. L'air de rien, ceux de Matthieu écoutent. Puis les regards changent. Celui de Matthieu se remplit de Balthazar — des mains de Balthazar surtout — et Balthazar n'a plus d'yeux que pour Matthieu. Moi, Théo et les filles n'avons plus d'existence. Tout se passe entre le grand-père et Matthieu. Il n'y a plus d'âge, plus de taille, il n'y a plus que des sons. Le grand-père a retrouvé l'agilité de ses mains d'autrefois et Matthieu ressemble au dessin sur sa porte : un petit homme avec des grandes oreilles et des mains comme des ailes.

Le soir, on ramène Matthieu chez lui, le tama sous son bras. En passant la porte de son appartement et en regardant Marie, il tape les sons « bonjour ! ».

Bonjour : Terme de salutation.

Salutation : Démonstration de civilité par le geste ou par la parole, qu'on fait en rencontrant quelqu'un.

Que je meure si ce n'est pas de la communication !

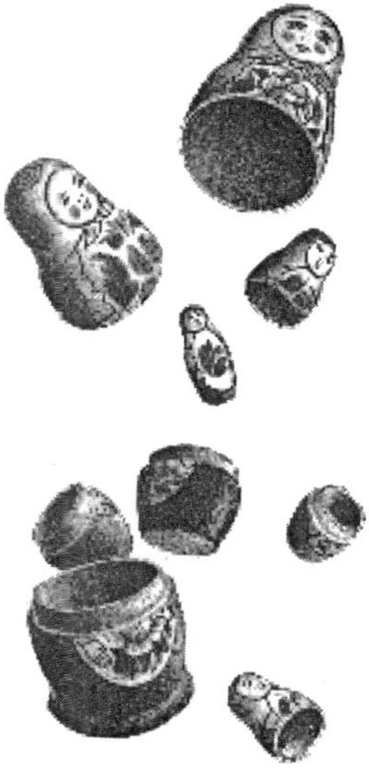

CHAPITRE 8

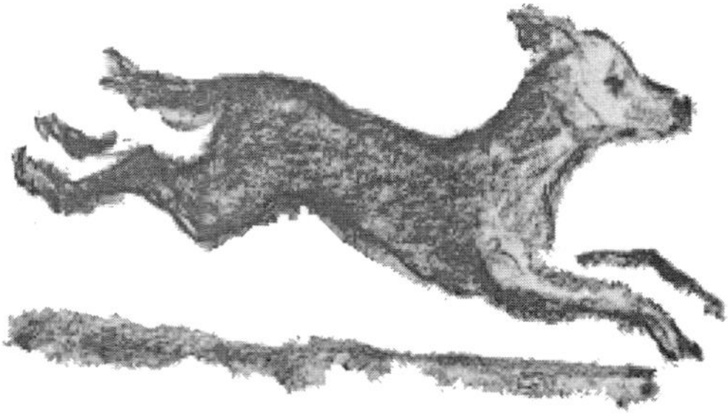

Quittons l'automne à présent pour l'hiver. Un soir de décembre, on sonne à la porte, j'ouvre. Ce sont les Demarotte et je devine que c'est grave. On n'est pas dimanche, or ces gens ne changent pas leurs habitudes sauf raison importante. En plus Madame est toute blanche. Enfin le chien n'arrive pas majestueusement ridicule dans son cabas. Non, pour une fois, il marche pour son compte.

Alertée par la voix pointue, maman arrive, et toutes sirènes hurlantes, Mme Demarotte s'effondre dans ses bras. Monsieur reste planté sur le paillasson avec la raideur d'un piquet. Seul François avance l'air détaché, et rejoint le salon où il s'installe sous la fenêtre. Je reste dans l'entrée le temps de comprendre ce qui se passe, parce que toute curiosité mise à part, je me demande quelle peut être la cause de ces comportements étranges. En fait, il s'agit d'une histoire de décès, François est une gêne, ils souhaitent le mettre en pension… Là j'ai peur, mais ça ne dure qu'un instant parce que après ils ajoutent « chez vous », donc chez nous. Mettre François en pension chez NOUS ! Mon sang ne fait qu'un tour, je crie : « Génial ! » Trois visages se braquent sur moi. OK c'est déplacé à cause des circonstances, je bafouille :

« Enfin, tant qu'à devoir confier François, je suis contente que ce soit chez nous. » Et je quitte l'entrée à reculons, pressée de me tirer de ce mauvais pas.

François, aussi zen qu'un vieux sage, n'a pas quitté la fenêtre. Le bougre ! Je le revois la semaine dernière le nez dans les poubelles et coursant les pigeons… Que de progrès accomplis depuis le petit chien-bibelot d'autrefois ! Je lui donne une caresse. Pourvu qu'on nous le laisse… Par une vague imperceptible dans son cou, François me dit en pensée : « Ne t'en fais pas. J'y suis, j'y reste. » Et quand Madame fond sur lui en le couvrant de baisers, je comprends que c'est gagné !

Les Demarotte repartis, la maison retrouve son calme et je contiens ma joie. Maman, prise au dépourvu, n'a pas pu dire non face aux effusions débordantes de son amie. François est perdu devant la perspective d'une liberté nouvelle. Quant à moi j'ai fini, compte tenu des réticences de maman, par renoncer à l'idée d'avoir un animal à moi, fût-il microscopique, si bien que l'arrivée de celui-ci me laisse maladroite… Enfin, je dis « Eh bien voilà ! » et, pour montrer que j'ai la situation bien en main, j'empoigne à bras-le-corps le panier en osier. « Je peux l'installer dans ma chambre, maman ? »

Comme il n'est pas question que le chien dorme dans le salon, ni dans leur chambre ou dans la cuisine, et encore moins qu'il rôde dans le couloir avec ses petites pattes, elle dit oui et je me lâche dans un grand cri. Sur quoi François saute d'un bond dans le panier et nous partons en fanfare, moi en dessous portant le panier à bout de bras, et François au-dessus, en signe de victoire !

*

Avec l'installation de François à la maison s'ouvre une ère nouvelle qui, pour notre chance, coïncide avec les vacances de Noël.

Petit Larousse. *Ere : nom féminin. Epoque où s'établit un nouvel ordre des choses.*

Comme papa et maman travaillent et que grand-mère refuse l'idée d'avoir un chien chez elle, il faut quelqu'un qui s'occupe de François. Donc le premier matin, après moult avertissements, je me vois confier une clé de l'appartement pour pouvoir sortir le chien. Ma figure reste impassible, mais à l'intérieur de moi chaque atome de mon corps bondit ! Finie l'obligation de chercher des prétextes pour sortir ! A nous la rue, la liberté !

Sitôt qu'ils sont partis, je convoque Théo : « Rendez-vous chez moi dans une heure ! » Une heure plus tard elle arrive et telles deux reines avec leur lion (comme dans Joseph Kessel, le lion, j'en ai toujours rêvé), on monte chercher Matthieu.

Marie est dubitative : « Matthieu n'aime pas l'improviste. »

Mais François rugit et Matthieu jaillit, et ni une ni deux il enfile ses chaussures. Un sourire de surprise se fige sur la bouche de Marie. A l'arrière-plan Maougo aussi sourit, mais d'un sourire différent comme si elle savait…

On part. L'ascenseur descend. L'excitation monte. François piaffe. Matthieu aussi. La porte s'ouvre, Matthieu bondit ! Matthieu, l'enfant libre pour qui rien n'est interdit ! Tout de suite, on forme une ribambelle. Une main noire, dans une main blanche, dans une petite main blanche à l'allure clopin-clopante, plus un chien fou courant devant. Et loin derrière fermant la marche, épaisse porte coupe-feu, une silhouette un peu trapue dont on n'imagine pas qu'elle fasse partie de la troupe. En fait, Maougo ne se cache plus d'être là, mais comme elle marche à distance sans jamais intervenir, elle ne nous gêne pas. Nous n'avons pas le sentiment d'être surveillés, nous avons seulement l'impression rassurante que rien ne peut nous arriver. Cours entrouvertes, coins cachés, impasses et raccourcis. On marche en funambules sur les bords des trottoirs, on saute les flaques, on caresse les bouts de gazon. Même Théo qui vit beaucoup dehors voit l'envers du décor. En fait c'est ça connaître un endroit comme sa poche. C'est faire du hors-piste, contourner, pratiquer les murets. Soudain, Matthieu s'engouffre dans un café et Théo surprise le lâche. Mais Marie a posé une règle absolue : toujours se tenir par la main sauf dans les lieux clos, et à la condition que nous y soyons tous. Au loin Maougo n'a pas quitté son poste. Advienne que pourra, on entre.

*

Il n'y a personne d'autre que le barman et Matthieu s'assoit de sa façon complètement comprimée. En fait, il est fatigué de courir et il a repéré que les chaises dans les cafés sont faites pour s'asseoir. Par contre les notions de client, de sous, et de commander quelque chose lui échappent totalement. Je sens venir les ennuis. Théo est dans le même état que moi, complètement bloquée. On se tient en retrait, spectatrices, comme si les choses pouvaient bien tourner. Pourtant, vu Matthieu, c'est voué à l'échec.

Le barman s'approche :

« Que puis-je pour toi mon garçon ? »

Matthieu les yeux dans le vague pointe sur l'homme un doigt menaçant :

« A l'âge de 16 ans, clame-t-il, tu te piqueras le doigt à la pointe d'un fuseau, et tu en mourras... » et il part d'un rire infernal.

Sauve qui peut, Théo réagit : « Excusez-nous monsieur, c'est Matthieu, il est un peu bizarre... »

Je précise : « Il est autiste, mais il est formidable... »

Elle reprend : « Il est fatigué, ça fait longtemps qu'on se promène. Il veut juste s'asseoir... »

Je poursuis : « Mais excusez-nous parce qu'on n'a pas d'argent... »

Et elle (on se sent plus fort quand on parle à deux) : « On ne va pas rester longtemps... »

Re-moi : « Si on le tire dehors il ne va pas comprendre, parce qu'il ne fait rien de mal. »

Re-elle : « Et il risque de faire une colère. »

Je jette un œil vers la table. Matthieu est toujours comprimé et François s'est allongé à ses pieds.

Moi : « Et ses colères, c'est comme des tourbillons où il se noie et nous deux on n'est pas encore parvenues à le repêcher, même si on a les cheveux longs. »

Enfin Théo termine : « S'il vous plaît… » avec son sourire étoilé.

Pendant deux secondes, le suspense est à son comble. C'est long deux secondes quand gronde à l'horizon le dragon noir du tourbillon hurlant. Enfin le barman sourit et nous montre la table.

« Qu'est-ce que je vous sers ? » dit-il avec entrain.

Théo prend place triomphalement : « Une grenadine ! »

Moi plus discrète : « Une menthe à l'eau. »

« Et le petit homme ? » demande le barman en regardant Matthieu.

Ce coup-là j'anticipe : « Pour lui ce sera un verre d'eau. Ce n'est pas qu'il soit puni mais sa maman nous a prévenues qu'il ne boit que de l'eau. Pour Matthieu, les boissons colorées c'est comme de la peinture et c'est trop dégoûtant. »

La scène se termine sur la queue frétillante de François qui lape dans sa gamelle.

Le lendemain, rebelote : départ des parents, arrivée de Théo. Comme la veille, on court chercher Matthieu qui nous suit ou plutôt nous précède, et Maougo suit derrière.

11 heures dans un autre café, une dame aux cheveux longs est assise tranquillement. En passant l'air de rien, Matthieu l'avise, pile, ouvre la porte, fonce droit sur elle et fourre ses mains dans ses cheveux ! La dame sursaute et pousse un cri perçant. Je serre les dents, quel embarras ! Mais Matthieu envoie un deuxième assaut encore plus redoutable et il lui fait le coup du *fchchiiit* ! On se regarde avec Théo et on éclate de rire… Et là c'est le pompon : ça surexcite François qui saute à son tour sur la dame !

Vu l'ampleur des dégâts, je bondis : « Pardon madame, pardon !… »

Le barman intervient : « Bon ça suffit maintenant. Tu laisses la dame tranquille ! »

Je crie : « Il est autiste, il aime les cheveux longs, c'est sa façon à lui d'entrer en contact. »

Le barman grommelle des généralités sur l'impolitesse des enfants. Je sens que Théo va s'énerver. Heureusement la dame s'interpose. Elle prend la défense de Matthieu. Peut-être qu'en toute femme, il y a un petit bout de maman :

« Laissez, il est gentil, dit-elle, il ne m'ennuie

pas », pourtant elle essaie quand même de lisser ses cheveux.

Alors Théo entre en scène et avec des mots simples raconte un épisode de tourbillon hurlant, avec Matthieu qui s'enfonce dans ses cercles et dans ses cris, et Maougo qui arrive à la rescousse avec ses cheveux longs. Gagné ! La dame est touchée par les immenses angoisses du petit garçon. Elle est même flattée d'avoir les cheveux longs qui rassurent. Un instant elle se prend pour une fée… Alors elle tend ses cheveux à Matthieu et elle le prend sur ses genoux.

« Tournée générale ! » annonce-t-elle en douceur.

Et tout est bien qui finit grenadine, menthe à l'eau, verre d'eau et gamelle pour le chien !

CHAPITRE 9

Ainsi jour après jour, au cours de ces promenades, nos progrès sont fulgurants ! Ma conquête de l'immeuble est au point mort, mais ma conquête du monde avance ! Quant à François, prenant exemple sur Matthieu, il se met à faire du charme, à quémander et même parfois à chaparder. Avec l'apprentissage des bêtises, il apprend l'esquive, la fuite, la course à perdre haleine. Il découvre les petits interdits et apprend à en calculer les risques, tant il est vrai que le plaisir et le risque marchent souvent de pair. A force, il devient copain avec tous les bouchers et nargue les molosses du quartier. On passe partout, on court comme des fous pour défendre ses biftecks et, s'appropriant tous les coins terreux du XIe, il y enterre ses trésors. Jamais chien plus fier ne s'est promené sur ses terres, tel un roi dans son royaume.

*

Au même moment, l'envie me prend de refaire le décor de ma chambre comme si je refaisais le monde. Je demande donc le petit matériel nécessaire. Papa se met à hurler. J'ai beau le rassurer : « Je ne vais pas percer, je veux seulement du scotch et des ciseaux… », je déclenche quand même un conflit familial.

Papa champion pour brandir les lois : « Tu n'es pas un peu folle ! Le locataire est responsable de ses dégradations, article machin du Code civil. Et, article 1384, je suis responsable de toi et de tes actes jusqu'à ta majorité. Alors, tu me ranges cette idée de transformer ta chambre, on en reparle dans dix ans. »

Maman sur la pointe de la voix : « Sa chambre, c'est son espace. On a tous besoin d'un petit coin à soi… »

Bref papa crie, maman pleure, mais comme c'est l'heure pour eux de partir au bureau, ça se termine, moi dans ma chambre avec une paire de vieux ciseaux et un rouleau de scotch, et le sentiment un peu déroutant qu'il faudrait ouvrir un « cahier des compétences et des progrès » aux noms de mes deux parents.

En attendant Théo, j'extirpe de sous mon lit des magazines féminins. Sa maman les sauve des poubelles pour les lire avec ses copines parce que dedans, il y a des recettes de cuisine et d'autres pour rester jolie. Théo me rejoint et on commence à dépiauter.

La consigne est de faire deux tas : à droite, les paysages sauvages, à gauche, le reste. Quand c'est fait, on jette tout le reste et on garde les paysages qu'on déploie : des couchers de soleil, des neiges éternelles, des étendues désertiques, des mers, des vols d'oies sauvages, des banquises, des couleurs automnales, des ciels de jour, des voûtes étoilées, des lunes... La moquette disparaît. En chantant à pleins poumons on découpe, on assemble et on refait un pan du mur de sorte que de gauche à droite, on quitte les neiges éternelles pour descendre vers les hauts plateaux, on passe des forêts, des torrents, des cascades qui se déversent dans des mers gelées. Puis au fur et à mesure, les mers se réchauffent pour devenir turquoise. Enfin on arrive sur une plage de sable fin qui elle-même devient désert puis oasis... et ça ne se termine jamais parce qu'à la fin, le regard tombe dans trois points de suspension… comme le trait à l'horizon où l'on n'arrive jamais.

Voilà pour les images. Maintenant il faut le texte !

Etaler sur les murs de grandes phrases en peinture, m'irait bien… Mais vu mon père, n'y pensons plus. On songe alors à l'ordinateur de Marie, celui qui ordonne à l'image de se lever, de prendre corps avec des seins et des hanches, et le dos quand elle se retourne, et de se mettre en mouvement avec le vent dans les cheveux. Il suffit de cliquer, et de tous les côtés c'est comme si c'était vrai. Avec Théo, on est d'accord : si nos phrases sortent de là, elles seront encore plus vraies, plus belles et plus évidentes. On monte. Marie n'a pas d'objection. Elle réveille la machine dans un sursaut et quand la boîte se met à ronronner, elle s'éloigne et ferme la porte. Les grandes choses demandent de la concentration.

On a emporté deux livres, et tour à tour chacune se met à taper. Dans les caractères, il y en a un qui s'appelle « Avant-garde », on le choisit. Le style, on le prend en relief et la taille des lettres, maximale. Au bout du compte ça nous donne un mot par page et plus tard on redescend avec un paquet de feuilles et l'impression d'avoir les bras chargés de vérités. Dans la chambre, François est en extase devant les images. De fait, le mur ne ferme plus la chambre, il s'ouvre sur le monde !

*

16 heures, une banderole s'aligne au plafond : *On ne voit bien qu'avec le cœur, l'essentiel est invisible pour les yeux.*

La porte affiche un dialogue :

Le renard : On ne connaît que les choses que l'on apprivoise... Si tu veux un ami, apprivoise-moi !

Le petit prince : Que faut-il faire ?

Et le renard prône la patience.

Enfin côté François, *L'Appel de la forêt* résonne. C'est un passage tiré du livre de Jack London, étudié l'an dernier : *Obéissant à l'appel entendu de lui seul, il bondissait sur ses pieds et filait droit devant soi, pendant des heures, sous les voûtes fraîches de la forêt...* Pour l'illustrer, on a peint un chien superbe debout dans la plaine enneigée, et il y a une légende : *La meute des loups déboucha dans la clairière. Buck immobile comme un chien de pierre attendait leur venue.*

C'est vrai que François ne sait pas lire, mais on lui racontera souvent. Et avec le vent le soir dans le système de ventilation, sûr qu'il finira par y croire !

Dernière chose, pour la touche finale, on a éparpillé à droite à gauche des mots tout nus. Il y a *communication, regard, sourire, liberté, chant du coq, bleu, chevelure, espoir* et il y a *bataille*. Sur ce mot-là, on a beaucoup discuté. On ne veut pas dire la guerre. On veut dire se battre pour l'amour et pour grandir. Mais on l'a mis quand même sans autre explication pour faire réfléchir par soi-même. Enfin, on a mis *confiance* et *courage*.

Quand c'est fini, le changement est total ! Avec Théo on se recule pour voir. Ça nous semble parfait. Théo suggère de faire voir au grand-père. Elle dit : « Balthazar est de bon conseil parce que c'est un vieux fou et sage à la fois. » On va le chercher et il nous suit avec « le plus grand des honneurs mesdemoiselles et le plus grand plaisir ». Les phrases de Balthazar prennent leur temps, et c'est toujours le bon moment. Balthazar passe la porte, promène son regard, et s'assoit pour ne pas tomber. Quand il retrouve sa voix, il tape sur le sommier un rythme gigantesque. Bon sang c'est comme le chant du coq qui réveille le soleil. Matthieu aurait dû être là ! Puis il dit, mais cette fois-ci avec des mots :

« Extraordinaire ! Ma parole, j'ai deux petites filles artistes ! Mais écoutez… il manque quelque chose… (il se tait)… Vous n'entendez pas ? (il se tait encore)… Le son de la terre voyons, celui des arbres, le bruit des petites bêtes, le souffle de la mer… La MUSIQUE ! Il manque la musique du monde ! »

Sur quoi il se lève avec détermination : « Venez à la case, dit-il, j'ai exactement ce qu'il vous faut ! »

On repart en fanfare. Balthazar marche devant. Au 7 de la rue Merlin, on passe la porte qui ne sert à rien car elle est toujours ouverte. Balthazar disparaît et revient avec une cassette sur laquelle on peut lire « THE SOUND OF EARTH ». Sans rien dire, il ferme les volets et le noir devient total… D'abord on n'entend rien. Puis on perçoit des craquements, des bruissements d'ailes et des cris d'animaux.

« Ces sons-là, chuchote Balthazar, on aurait pu les entendre aux premiers âges de la planète, avant l'apparition des hommes. »

Ensuite jaillissent les bruits de l'évolution humaine. Ça commence par le feu, la roue sur un sol caillouteux, l'âge du fer, le télégraphe et je ne sais plus… Suivent des salutations dans des langues différentes et des musiques de partout. Enfin on se retrouve au fond des mers avec le chant des baleines dans l'immensité bleue. Quand la cassette se tait, on rouvre les volets.

« Tous ces sons, explique Balthazar, ont été gravés sur un disque en or qui est parti vers les étoiles dans un engin spatial à la rencontre d'éventuelles autres civilisations. Le but des savants était que les hommes se présentent et qu'ils présentent la terre en ce qu'elle a de merveilleux. C'est un message d'amour lancé dans l'infini… »

Un silence cosmique suit, puis Balthazar poursuit :

« Peut-être que personne ne trouvera ce message. Peut-être qu'il ne sera jamais déchiffré. Peut-être qu'ils ne comprendront pas le langage mais qu'ils entendront nos émotions à travers nos musiques. On ne sait pas… C'était important d'essayer. »

Fin de journée, je suis dans mes pensées. Après ma découverte des mondes intérieurs s'ouvre devant moi un monde extérieur sans limites, un monde où, dans un élan de communication immense, l'amour est parti en fusée. Ma bataille pour rencontrer Matthieu est identique et on a aussi choisi la voie de la musique. Nous sommes donc sur la bonne route !

Quand les parents rentrent le soir, ma chambre est sous les océans. J'ignore ce qu'ils en ont pensé, seul le chant des baleines traverse les eaux profondes… Malgré les supplications de maman, je refuse de dîner. Je me couche et m'endors. François veille sous un sapin.

CHAPITRE 10

Le dernier soir des vacances, les De Marotte de Montigny appellent, ils rentrent le lendemain. Ma réaction : « bonjour tristesse » et pourtant ça tombe bien, François ne sera seul que le temps d'une journée.

Maman pose le combiné :

« Lucie, ils veulent entendre le fistounet. »

Je manque de pouffer : « Un chien au téléphone, on aura tout vu ! » Mais aussi vite la colère me saisit, je crie : « Il ne peut pas venir, il est occupé, il écoute *L'Appel de la forêt* ! »

Maman me fusille du regard, mais je ne cède pas. Pauvre bête ! D'accord le ridicule ne tue pas, mais il y a des limites !

Le lendemain, on est sur le point de partir – mes

parents au bureau et moi au collège — quand François se campe devant la porte pour en bloquer l'accès. Vu sa stature, c'est facile de l'en déloger, mais son air pèse une tonne de détermination et je me sens pleine de respect. De la même façon qu'il faut écouter les larmes parce que c'est le cœur qui se vide, il faut écouter les révoltes.

En fait je comprends, François m'en veut à juste titre de le laisser tomber. Nous avons passé quinze jours la main dans la patte à partager jusqu'à l'exaltation devant l'immensité du monde, et il suffit que la cloche sonne pour que je l'abandonne. Je ne me sens pas très fière de moi. Je baisse les yeux dans un signe de désolation mais qu'est-ce que j'y peux ? J'avance la main pour une caresse, mais papa regarde sa montre et éjecte le chien. Ce n'est plus l'heure des amabilités. Je pense aux bêtes qu'on abandonne sur les autoroutes, mon sang ne fait qu'un tour. C'est toujours comme ça avec eux ! La course contre la montre et les cœurs fanés avant d'avoir fleuri, parce que l'amour prend son temps pour éclore. Le vent de la révolte me prend, mais là, il se passe un truc incroyable : François lève la patte et en regardant papa dans les yeux, il pisse sur le tapis ! Bon sang c'est la première fois que ça lui arrive, et ce n'est pas un accident. C'est volontaire, c'est gigantesque ! Le temps que papa réagisse, j'empoigne le chien. Je dois le tirer de ce mauvais pas, sans doute le plus grand qu'il ait fait jusqu'ici. Je dis : « Il ne veut pas rester seul. Je vais le déposer chez Théo » et laissant papa à sa fureur, j'emporte François sans demander mon reste.

*

Au numéro 7 de la rue Merlin, François passe la porte ouverte avec panache. Le grand-père ne demande pas mieux. Je repars avec Théo en lui racontant la victoire. Hélas, sur sa lancée vers sa libération, le chien ne s'arrête pas et quand je vais le soir pour le récupérer, je trouve Balthazar effondré. Prenant la porte ouverte pour une invitation au voyage, François a disparu et le grand-père a pris vingt ans.

« Depuis ce matin, crie-t-il en s'arrachant les cheveux, je cours les squares, les bouchers, les bouts de jardin, et personne ne l'a vu. »

Théo et moi n'en menons pas large… Surtout moi. Les Demarotte rentrent ce soir et qu'est-ce qu'on va leur dire ? Et les parents ! Déjà que la journée avait mal commencé. J'imagine déjà papa : « O Lucie, prends garde à mon courroux ! » et le vers de Racine s'agite sur moi comme une branche menaçante, me parcourant d'un grand frisson. C'est là qu'on pense à Maougo et on part en courant ! Elle est une fée, elle aura sûrement une idée.

*

Au cinquième étage Matthieu aligne ses personnages de Walt Disney, Marie n'est pas encore rentrée et Maougo tourne dans une marmite.

On lui fait un compte rendu pêle-mêle et en canon de la situation, mais malgré ce fouillis, elle comprend. Quand je vous dis qu'elle est une fée ! Si ça se trouve, elle savait l'histoire avant même que nous ne la racontions. Si ça se trouve même, elle attendait notre venue… La preuve d'ailleurs est que sans précaution aucune, elle éteint sous la casserole. J'ignore ce qui mijote, mais il n'y a pas beaucoup de plats qui acceptent ainsi qu'on les délaisse. En général dans ces cas-là c'est brûlé, collé au fond, ou plein de grumeaux mais d'une façon ou d'une autre le plat se venge. Donc elle, elle éteint sous sa casserole qu'elle avait prévenue par avance, elle ôte son tablier, et se met à notre entière disposition.

On sort dans le couloir. Matthieu y est déjà avec le tama dans les mains, et il s'est chaussé. Avant qu'on ne réalise, il tourne la clé et détale. Maougo lance son bras en avant – non pas pour l'arrêter mais pour s'accrocher à lui. Matthieu va mener la danse. On se jette à ses trousses.

*

18 heures un soir pluvieux de janvier, les trottoirs sont déserts. Matthieu traverse sans hésiter la rue de la Folie-Régnault, la rue de la Roquette et rejoint le Père-Lachaise. Il avance en longues foulées, la tête en avant, comme porté par ses sens.

18 h 10, la porte du cimetière est close. Matthieu fonce vers la rue du Repos qui longe le cimetière sur sa droite. Il coince le tam-tam sous son bras à la façon d'un porte-voix. La rue du Repos est étroite et silencieuse. On n'entend que nos pas. Un éboueur balaie la pluie. La nuit et la pluie font rideau sur la terre. On ressemble à des ombres. Soudainement Matthieu frappe le tama. Le mur d'enceinte du cimetière est haut mais les sons montent et enjambent la muraille. Matthieu crie à « tue-main » en foulant les pavés. Il a la puissance d'une locomotive. Je ferme la marche. L'amour vaincra ! L'amour est plus fort que la nuit !

Au 16 de la rue du Repos, la deuxième entrée est fermée. Un corbeau figé la surplombe. Je le crois forgé de fer. Il pousse un cri, je sursaute. On passe notre chemin. Rue de Bagnolet, on lâche les pavés pour l'asphalte. La rue monte de plus en plus. Rue Ligner, Matthieu ne s'arrête pas. Rue de la Réunion, il s'engage. A son bout, une troisième entrée. C'est un porche en pierre à la toiture triangulaire où des pigeons s'alignent, rangés, rassurés, bien au chaud. Je me suis souvent demandé où dorment les pigeons. J'ai maintenant une réponse au moins pour six d'entre eux.

Sans égard pour les volatiles endormis, Matthieu se plante devant eux et redouble de plus belle. Dans ma tête je pense que ça ne sert à rien, ça n'ouvrira pas les portes ! Mais Matthieu persiste, son corps tendu et ses mains déchaînées. Jusque-là, il a appelé en courant. Il a égrené des notes comme le Petit Poucet, excepté rue de Bagnolet où ses mains se sont tues. Donc après cet entracte silencieux sauf la pluie qui écrase tout, l'appel semble plus fort. Des cris de mains trouant le noir et le silence.

Maougo ne dit rien. Théo et moi non plus. Nous attendons suspendues aux gestes de Matthieu. Je pense au passage de Jack London au-dessus du panier : *Obéissant à l'appel entendu de lui seul, il bondissait sur ses pieds et filait droit devant soi, pendant des heures, sous les voûtes fraîches de la forêt…* Quelle sotte, quelle irresponsable j'ai été ! C'est ma faute si François est parti. Moi et mes idées de liberté ! Pourquoi faut-il que je la ramène ! Un si petit chien. Il n'est pas Buck ! Il n'est pas chien-loup ! C'est un chien au pelage léger, fait pour être dorloté. Un dont c'est la nature, quand viennent les premiers froids, de porter ces petits manteaux écossais noués sur les côtés.

La pluie tombe toujours et je ferme les yeux. Les bruits des voitures ne nous parviennent plus. Seul le tama s'envole. Derrière l'enceinte, les arbres reçoivent l'eau du ciel en une symphonie qui sent bon. Je pense à Balthazar : ces sons-là, on aurait pu les entendre aux premiers âges de la planète, avant l'apparition de la vie. Et sur ces sons s'ajoute le chant des baleines car la mer est le miroir du ciel. Mon pauvre François qu'ai-je fait ? Le monde est immense. François n'a pas l'instinct des animaux sauvages. Il ne retrouvera jamais son chemin. Il ne s'est pas perdu. C'est moi qui l'ai perdu !

Sous la pluie battante, je me noie ainsi dans ma culpabilité, quand subitement, je crois entendre un son. Un son loin dans la nuit comme un aboiement perdu. L'ai-je rêvé ? Est-ce que je le veux tellement que mes oreilles me jouent un tour ? Ce cri est-il sorti du fond de ma conscience ?

Je regarde Théo, elle aussi a entendu. Quant à Maougo, elle s'est figée. L'illusion individuelle, c'est fréquent. Pas l'hallucination collective.

Alors Matthieu se met à frapper avec ferveur et mon cœur s'emballe au rythme de ses mains. Toujours le même appel. Trois fois le même cri dans la nuit. Puis il fait une pause où nous tendons l'oreille en attendant l'écho…

Tout à coup ça y est, l'aboiement émerge ! D'abord lointain, puis plus proche. Puis si près qu'on manque de reculer. C'est François ! Il est là, juste derrière l'enceinte ! Une petite boule de chien courant le long du mur en déplaçant les feuilles.

*

Avec Théo, on se jette sur l'enceinte en poussant de grands cris. Maougo ne bouge pas mais son regard change. On dirait qu'il se repose. Quant à Matthieu, il recule de quelques mètres et, le tama dans son dos, entreprend d'escalader la grille du « jardin naturel ».

Le jardin naturel est un parc public où faune et flore spontanées cohabitent en harmonie. Nous l'avons visité avec l'école au début de l'année.

Matthieu grimpe comme un singe. Il est surprenant. Je n'ai jamais vu quelqu'un d'aussi maladroit quelquefois et d'aussi agile d'autres fois. A califourchon sur la grille, il se propulse dans les airs et sur un amorti parfait, se retrouve dans le jardin et disparaît dans les fourrés.

Maougo se plaque contre la grille, nous offrant son corps en guise de marchepied. J'ai beau être forte en gymnastique, je me vautre par terre. Théo ne fait pas mieux mais vu qu'elle rit, je la trouve bien moins ridicule. Nous deux côté jardin, Maougo nous fait signe d'y aller. Elle nous attendra dans la rue. Je ne peux pas croire que l'obstacle l'arrête mais pour une raison mystérieuse, sans doute quelque tour de magie, elle doit rester loin de nous. J'empoigne donc la main de Théo et on s'enfonce sous les branches qui nous frôlent dans les cheveux.

*

Entre la nuit et la pluie et les arbres, on n'y voit rien du tout. Toutefois, on repère Matthieu à l'oreille. On se guide à tâtons et au son du tama. Je me souviens des commentaires du professeur de sciences naturelles : « Dans les sous-bois, à l'ombre des arbres prospèrent les jacinthes des bois. C'est le milieu choisi par la mésange charbonnière pour faire son nid. Dans les murs et les treillages, le long de l'enceinte du cimetière, le liseron envahisseur et la clématite dont les fruits plumeux sont emportés par les vents. Dans la prairie, marguerites et herbes hautes procurent ombre et fraîcheur aux escargots et aux mulots. Dans la mare, les tritons. Sur ses rives, la menthe, l'iris et le myosotis des marais... »

J'imagine sous moi ces petites bêtes qui grouillent. On est sur leur territoire, dans un jardin où l'être humain n'a droit de passage que dans la journée. La nuit nous sommes des intrus et en termes d'yeux, ils sont mille fois plus nombreux que nous.

Je serre davantage la main de Théo. Le son du tama est plus proche. Soudain, au détour d'un sous-bois, Matthieu est là, debout, le tam-tam sur un banc, face au mur de l'enceinte dans une de ses rares portions dénudées de fil barbelé. Dans cette mini-clairière, entouré d'érables, de sureaux et de ronces, il semble un lutin sous la pleine lune délavée par la pluie. Son visage pâle regarde dans la direction de l'astre et ses mains continuent leur petite vie indépendante et frénétique. Le tama appelle sans relâche quand tout à coup, la lumière s'assombrit. Avec Théo on lève la tête. En haut du mur dans le rond de la lune, se découpe le corps d'un chien. François ! Il est magnifique ! Mieux que dans la légende sous le dessin. Immobile comme un chien de pierre il nous regarde et son ombre au sol est gigantesque ! Ce n'est pas seulement une histoire de reflet. C'est le résultat d'une bataille !

*

Le retour à la maison se fait dans un grand calme. La troupe est au complet. François, en trait d'union, nous relie les uns aux autres. Il n'est plus le petit chien fou à qui la liberté a tourné la tête. Il court d'une foulée paisible et responsable. A croire que ce moment d'égarement lui a permis de trouver son chemin. Sa voie n'est pas la vie sauvage, celle que Buck a rejointe en délaissant le chien pour retrouver le loup. Elle est celle du chien de berger qui ramène les bêtes égarées. Quant à Maougo, elle a repris sa place à l'arrière-garde et elle chante d'une voix grave des mots qu'on ne comprend pas comme pour nous pousser par son flot.

En sens inverse, on reprend la rue du Repos. La pluie ne tombe plus, elle est devenue ruisseau.

Au 7 de la rue Merlin, l'hystérie est collective : Fatoumata, Mamassa, Soulimane, Balthazar, tout l'arbre généalogique est planté sur le trottoir. Devant le 11, en retrouvant son fistounet si mouillé, si beau, si différent, Mme Demarotte manque d'avoir une crise cardiaque… Quant à mes parents, j'ai dû louper un épisode. Car, si l'incident a tourné en conflit familial — ce qui jusque-là est tout à fait normal — je saisis mal par quel chemin détourné ils en sont arrivés à se reprocher la couleur du service en porcelaine qui date de leur mariage, qui lui-même remonte à avant moi !

Seule Marie attend au cinquième étage en remuant dans la marmite dans le sens des aiguilles du temps qui passe au ralenti. Le soir même, on dit au revoir à François. Mme Demarotte qui ne doute de rien ouvre son cabas : « Saute mon lapin ! » lui dit-elle stupidement. Mais François l'ignore et marche dignement. La lampe du couloir est chétive, et tel un lion dans la savane, il s'éloigne tranquillement dans le soleil couchant.

*

Dans la nuit qui suit je me lève et sous mon lit, je punaise une étoile. C'est Matthieu, une planète à lui tout seul, et pour le conquérir, il faut balancer les règles, les préjugés, le langage, et se jeter vers lui sans peur pour traverser l'espace. Plus tard je serai éducatrice pour enfants autistes. Matthieu, c'est ma guerre des étoiles !

Le lendemain, je fais un saut chez Marie avant d'aller au collège. C'est pour le journal des compétences de Matthieu. Après son exploit d'hier, je veux savoir quelle a été sa nuit. Je sonne. Maougo m'ouvre. Je parle. En entendant ma voix, Matthieu déboule comme un chien fou, le tapis persan devient torrent, et il crie mon nom en me harponnant les cheveux !

MAÏA BRAMI

Les pères aussi ont leurs secrets

Amanda ne supporte plus son père ; elle aimerait comprendre pourquoi il veut l'obliger à poursuivre ses études de violon et semble furieux de sa nouvelle amitié avec le maestro Zimbal...

Vis ta vie Nina

Nina quitte le désert pour aller au kibboutz rencontrer sa grand-mère Tamara. Elle va découvrir son cousin Yorham, et, entre les pages d'un journal secret, le premier amour de sa grand-mère...

MICHEL BRÛLÉ

L'Enfant qui voulait dormir

Né dans la favela, Nino, à la mort de sa mère, vient grossir les rangs des enfants des rues de Rio. Chaque jour, la même préoccupation : trouver quelque chose à manger pour pouvoir dormir, et s'évader...

MARC CANTIN

Les ailes de Kayak

Mary et son frère se lancent à l'assaut du Tépuis, un haut plateau isolé du monde. Mais ils ignorent qu'y vit une tribu où deux enfants se préparent en secret à défier la loi de leur grand chef sorcier...

SHAÏNE CASSIM

Lili dans la lune

À quinze ans, Lili apprend que son père n'est *« pas mort du tout »*, et habite même dans le sud de la France. Elle va partir à la rencontre de cet homme « imprévisible, charmant et égoïste »...

Plus fort que moi

Baptiste est beau, imprévisible et croyant ; c'est plus fort qu'elle, Albertine sent son cœur battre très fort pour ce garçon singulier qui croit à tout ce à quoi elle ne croit pas : un « ange »...

YVES-MARIE CLÉMENT

Un cœur sur tatamis

Quand Soledad, adoptée depuis toute petite, découvre le judo, c'est la révélation. Et le beau Felipe, ceinture noire et colombien comme elle, est là pour la guider dans sa « revanche sur la vie »...

Une étoile sur tatamis

Soledad, passionnée de judo, est plus proche que jamais du beau champion national. Mais, alors qu'elle s'entraîne pour sa ceinture verte, une lettre de Colombie vient changer sa vie...

Ma revanche sur tatamis

Entre le départ de Felipe, le nouveau collège expérimental et les échanges avec la Colombie, Soledad, poursuivant avec passion sa « revanche sur la vie », continue à faire ses preuves, sur le dojo comme dans la vie !

MICHÈLE CORNEC-UTUDJI

Ras le bol !

Avoir des parents qui s'aiment, c'est bien, mais quand ils font passer leur vie de couple avant leur fille, ça l'est beaucoup moins ! Alors, Charlotte va passer à l'action pour ne plus « compter pour du beurre »...

OLIVIER DANIEL

La poudre au cœur

Entre Cathy et son père, le dialogue est difficile. Elle n'a qu'un rêve : prouver à Tarak, chef de bande qui prépare le « coup du siècle », qu'elle est digne de son amour...

GUDULE

J'irai dormir au fonds du puits

Une chouette crucifiée accueille Chloé et sa famille dans leur nouvelle demeure. Anicet, bel et mystérieux adolescent, avertit Chloé qu'il est dangereux d'irriter les esprits assoiffés de sang...

CHRISTINE K. BOUTIN

Pars sans te retourner

Manolo, jeune gitan, arrive en cours d'année dans la classe de Thomas. Les deux garçons se lient d'amitié, mais Thomas semble porter le poids d'un lourd secret...

OLIVIER KA

L'esprit, le fantôme et la vache

Ce matin, entre son bol de chocolat qui se déplace tout seul et son costume qui s'envole par la fenêtre pour aller se rouler dans la boue, Pierre-Henri a une très désagréable impression... Ça recommence, on va encore le prendre pour un fou !

JEAN MOLLA

Copie conforme

Benjamin est terrifié par son nouveau professeur : étrange don de double vue, peur panique des croix... M. Draque est-il un vampire ? Mais, peu à peu, il découvrira son troublant secret...

LORRIS MURAIL

Flash Mob

Entre annonces Internet et flash mobs, Jules va tout mettre en œuvre pour faire revenir le sourire sur les lèvres de sa prof de français si jolie et si triste, Mlle Renart...

ANN ROCARD

Le celte au regard étrange

Dans la Gaule ravagée par les guerres entre tribus, le jeune celte Yoran va devoir accomplir la mystérieuse prophétie d'un druide rencontré dans son enfance.

Mathilde, Jean, Paul et les autres — Printemps 44

En Normandie, alors le débarquement se prépare, entre résistants et collaborateurs, que découvriront Mathilde et ses amis, qui rêvent d'amour et de paix ?

Enquête par correspondance

Dans ses lettres, Jeanne raconte à Jérémy des événements étranges. La correspondance entre les deux amis va se transformer en véritable enquête...

ALAIN VÉNISSE

Moi, Méphisto

Cédric ne va pas fort : sa mère s'est entichée d'un sinistre individu, Zoltar, soi-disant prestidigitateur, qui a voulu s'en débarrasser en le transférant dans le corps de... son chat Méphisto !

Impression réalisée par

BUSSIÈRE

GROUPE CPI

à Saint-Amand-Montrond (Cher)
en octobre 2005
pour le compte des Éditions Grasset

N° d'Édition : 14012. N° d'Impression : 053690/1.
Première édition : dépôt légal : mars 2002.
Nouveau tirage : dépôt légal : octobre 2005.

Imprimé en France

ISBN 2-246-62871-7
ISSN 1281-6698